LA MUSE
PLÉBÉIENNE

PAR

JOSEPH LAVERGNE

PRÉCÉDÉE DE LETTRES ET APPRÉCIATIONS

DE

BÉRANGER

ET DIFFÉRENTS AUTEURS

DEUXIÈME VOLUME

Prix : 1 fr.

PARIS

CHEZ L'AUTEUR, 21, RUE DE LA TONNELLERIE

Et les principaux libraires

1860

LA

MUSE PLÉBÉIENNE

LA MUSE
PLÉBÉIENNE

PAR

JOSEPH LAVERGNE

PRÉCÉDÉE DE LETTRES ET APPRÉCIATIONS

DE

BÉRANGER

ET DIFFÉRENTS AUTEURS

DEUXIÈME VOLUME

PARIS

TYPOGRAPHIE MORRIS ET COMPAGNIE

Rue Amelot, 64.

1860

A MES LECTEURS

Souvent la préface d'un livre, signée d'un auteur étranger à ce livre, est comme un patronage derrière lequel on abrite son nom encore enfoui dans le néant, espérant, par là, lui donner une valeur imméritée.

En publiant mon premier volume d'opuscules ayant pour titre *la Muse plébéienne*, M. Alexandre Guérin voulut bien me prêter le concours de sa plume en y joignant une petite préface, qui m'attira plus tard une verte mercuriale de la part de mes confrères en chansons.

Aujourd'hui, ne voulant pas encourir une pareille critique, je me bornerai tout simplement à mettre aux premières pages du deuxième volume de mes chansons les lettres et appréciations — quelles qu'elles soient — des auteurs qui ont bien voulu

1.

s'occuper, de, ma précédente publication; profitant, d'ailleurs, de cette occasion pour les remercier bien sincèrement d'avoir prêté leur attention à quelques pensées crayonnées aux heures de loisir et de délassement d'esprit qui succèdent aux journées de labeur.

Sous quelque forme qu'elle apparaisse, la pensée exprimée prouve que l'homme étudie, cherche, crée et rend hommage à la loi de Dieu, qui ne lui a donné l'intelligence que pour la partager, en quelque sorte, avec ses semblables dans l'étendue relative de son pouvoir.

Ne voyez donc, chers lecteurs, dans ces bribes rimées sans prétention, que l'expression bien simple de la pensée de celui qui chansonne modestement sans avoir d'autre but que celui-ci : récréer par des refrains ses frères les travailleurs.

Joseph LAVERGNE.

JOURNAL DES EMPLOYÉS

BIBLIOGRAPHIE

—

LA MUSE PLÉBÉIENNE

Par Joseph Lavergne, avec une préface de
M. A. Guérin.

La plupart de ces chansons (ce sont des chansons) ne sont point inédites. Depuis quelques années, *Je rengaîne mon Compliment, la Goguette, C'est toujours du pareil au même, les Amis de la tonne*, etc., etc., et cent autres productions de Joseph Lavergne ont été entendues et se sont gravées dans les meilleurs souvenirs de ses nombreux et sympathiques amis.

La Muse plébéienne n'est point affolée de sentiment : elle n'est ni mièvre, ni phthisique; nous dirons même que c'est une bonne et saine fille.... Mais que pourrions-nous mieux dire que la vraie et charmante

préface de M. Alexandre Guérin, fort heureusement placée en tête de ces cent pages?

CARLE DANIEL.

LETTRE

—

Mille pardons, cher Lavergne, de vous
avoir fait attendre si longuement ma réponse, mais j'ai voulu lire consciencieuse-
ment votre charmant recueil, dont je vous
félicite de tout mon cœur; sans passer pour
flatteur, je puis vous dire même que je l'ai
relu de nouveau avec non moins de satis-
faction.

Mes camarades de chansons pensent
comme moi, j'en suis convaincu ; à part vos
œuvres de franche gaieté, ces bonnes filles
de votre muse, dont nos pères vous jalouse-
raient certainement l'esprit et la facture, à

part, dis-je, ces chants, qui sont bien votre genre et qu'il faudrait citer tous, j'ai remarqué de vous avec plaisir : *l'Amphitryon et le Poëte, César, le Sculpteur et la Main gauche.*

Je vous cite ces poésies parce qu'elles sont pour moi, et à l'époque où nous vivons, le genre que je préfère.

En vous serrant la main, cher Lavergne, je n'ai qu'un regret, c'est que mon appréciation soit sans aucune valeur, aux yeux du public du moins, mais la lecture de votre livre s'imposera d'elle-même. Il y a donc compensation par votre mérite personnel.

JOSEPH ÉVRARD.

LETTRE

Je vous remercie beaucoup, monsieur Lavergne; vous m'avez fait un gentil cadeau en

m'envoyant votre petit volume de *la Muse
plébéienne*, dans lequel je trouve de l'esprit
sans prétention, de la gaieté toute franche,
et des vers corrects et pas boîteux.

Maintenant, permettez-moi de vous dire,
tout à fait en *camarade*, qu'il vous serait très-
facile de vous élever au-dessus de cette
petite poésie tout à fait populaire. Pourquoi
attacher à une bonne et sage pensée un dicton de la rue? Votre chanson *C'est toujours
du Bouilli et jamais du Rôti* est bonne, fort
juste et vraie, mais je lui voudrais un ton un
peu plus élevé. Songez que ce fut là l'écueil
d'Émile Debraux. *Le Choléra*, bien, très-
bien; *la Taupe et le Ver luisant*, cela
pouvait être plus étendu, la pensée en est
charmante. *Je n'aime que les Fleurs* est
une plainte gracieuse et pas amère; *les
Bienfaits du Refrain*, c'est facile et gentil;
César, c'est bien. J'en pourrais citer encore;
vous voyez que j'ai lu.

Si je vous donne ainsi mon avis, que vous ne me demandiez pas, c'est que je vous reconnais à votre œuvre pour un esprit droit, dépourvu de cette vanité trop ordinaire et si fatale, qui n'accepte aucune observation sans se cabrer; je crois vous parler en amie en vous disant franchement ce que je pense.

Soyons du peuple par le cœur, par l'énergie, par le dévouement, par la persévérance, mais ne le soyons pas trop par le langage, puisque nous nous chargeons tous, vers luisants que nous sommes, de l'éclairer un peu. Agrandissons notre lumière, et surtout purifions-la.

Si votre recueil ne m'eût pas convenu, je me contenterais de vous faire un remerciment poli, tiré à quatre épingles ; il mérite mieux que cela.

Mᵐᵉ R. CASTIN.

CHRONIQUE DE FRANCE

BIBLIOGRAPHIE

—

L'espace nous manque pour parler plus longuement de *la Muse plébéienne* de M. Joseph Lavergne.

Nous constatons seulement que les chansons renfermées dans ce recueil sont remplies de verve et d'esprit.

René de Rovigo.

LETTRE

—

Mon cher Lavergne,

Merci de l'envoi de votre *Muse plébéienne;* voici ce que je pense sur elle. Vous me connaissez assez pour savoir que la flatterie n'a jamais été de mon ressort,

l'impartialité et la franchise me guideront
dans cet examen: j'aime la justice et ne suis
pas jaloux du savoir de mes collègues. Beaucoup n'en pourraient dire autant.

Le sol fourmille de zoïles, mais, en dépit
de leur envie, l'homme de talent triomphera
toujours. Voici mon opinion au sujet de vos
productions; je vais vous faire la nomen-
clature de quelques-unes, laissant à de plus
grands esprits le soin de juger les autres :
Vous avez des chansons qui sont médiocres,
mais le nombre en est si petit que cela passe
inaperçu. Votre fable *la Taupe et le Ver
luisant* est une belle poésie, son défaut est
la concision. Que voulez-vous, le public est
gourmand, il aime les bons fruits en quantité.
La Campagne et la Ville est une belle des-
cription champêtre, et la morale y brille.

Votre chanson *Contentons-nous d'un à-
peu-près* est d'une bonne forme, c'est le
style du Caveau, et cette école-là n'est pas

2

à dédaigner; je ne parle pas du Caveau d'aujourd'hui, hélas ! il est trop dégénéré; si le bon Panard et le spirituel Désaugiers revenaient et qu'ils entendissent de pareilles rengaînes, à coup sûr ils se boucheraient les oreilles.

La Cruche est une production originale. *C'est toujours du Bouilli et jamais du Rôti* est une de vos meilleures inspirations ; vous avez ponctuellement suivi les leçons du législateur du Parnasse, le spirituel Boileau, qui dit, et très-sciemment, que l'homme d'esprit s'amuse de tout en dépit des Aristarques. Le public, qui est un meilleur juge que moi, appréciera et chantera souvent vos productions.

CHAPLAIN fils.

LE PIRATE

25 octobre 1857.

BIBLIOGRAPHIE

Le pirate est un écumeur de mer, un vrai loup, mais ce n'est pas un écumeur d'esprit; il aime, au contraire, à en donner aux autres, ou, pour le moins, à leur en laisser quand ils en ont.

La preuve en est qu'il se plaît à distinguer, au milieu de la foule de petits livres qui l'assiégent, deux ou trois petits volumes d'un mérite différent, mais incontestable.

Mon opinion sera brève, mais tapée. *Le Pirate* ne mâche pas ce qu'il dit, et quand il parle il a le cœur sur la main. Ainsi le petit volume de chansons publié par Joseph Lavergne sous le titre de *la Muse plébéienne* lui paraît plein de bonhomie et de franchise, deux qualités qui ont fui de nos mœurs et de notre langage depuis que nous voyons la vieille gaieté française, sous le titre de *Rabelais* et de *Béranger*, se coiffer de sottises, d'inouïsmes et parler une langue d'abracadabra.

Les refrains simples et pleins de miel de cet homme du peuple nous semblent supérieurs aux tartines poitrinaires de ces feuilles qui n'ont de gai que leur enseigne, et qui, loin de nous plaire et de nous égayer, ne nous donnent chacun de leurs exemplaires que comme un billet d'enterrement.

A part le genre un peu chauvin de quelques parties, ce petit volume m'a plu parce qu'il est sans prétention.

A. E. CHARTON.

LETTRE

—

Mon cher monsieur Lavergne,

L'ami Saclé m'a remis votre charmante *Muse plébéienne*, que j'ai lue avec beaucoup d'attention; indépendamment de la beauté des vers, ce sont principalement les nobles pensées qu'ils expriment qui m'ont fait le plus de plaisir.

Je vous remercie sincèrement de l'hommage et de l'honneur que vous avez bien voulu me faire, croyez bien que j'y suis très-sensible.

J. GIRIN.

LETTRE

—

Monsieur Lavergne,

Je vous remercie bien vivement, non-

2.

seulement du vif plaisir que j'ai éprouvé à la lecture de votre charmant volume de chansons, pleines d'entrain et faites pour apprécier en vous la nouvelle génération de chansonniers, mais encore du témoignage de sympathie dont votre gracieux envoi est la preuve.

ÉLISA FLEURY.

BIBLIOGRAPHIE (1)
—

LA MUSE PLÉBÉIENNE

CHANSONS

PAR JOSEPH LAVERGNE

Voici un volume de vers. — Pardon, ne vous effrayez point ; ces vers sont des chansons. Vous l'avez échappé belle !

(1) Cet article avait été fait pour être inséré dans le journal *le Mousquetaire*, mais la mort de ce dernier en a décidé autrement.

Ce volume, tout petit, tout mince, tout humble, mais tout coquet, est signé Joseph Lavergne, nom cher aux goguettes parisiennes. Il contient d'ailleurs plus de gaieté qu'il n'est gros, et ses cent pages vous donneraient de la bonne humeur pour plus d'un an.

Ne demandez pas à sa muse de se mêler aux luttes politiques ; le sol est trop brûlant pour ses pieds délicats; n'exigez pas ces élans lyriques qui prêtent à la chanson les ailes de l'ode : la fauvette ne monte pas aux nuages. Ne cherchez pas sous le franc rire de l'oiseau moqueur la piqûre venimeuse de l'aspic. Ni ode ni élégie : — la chanson. Écoutez plutôt :

« A mon heure dernière,
En place d'oraison,
Chantez tous sur ma bière
Une folle chanson. »

Joseph Lavergne est de l'école de Brazier;

il veut finir comme il a commencé. Cette
fin pourrait être plus dévote, mais n'est pas
dévot qui veut; et d'ailleurs, notre chansonnier ne vise pas encore à l'Institut.

Je citerai parmi les pièces qui composent
ce recueil : *Je rengaîne mon Compliment.*
— *Les Bienfaits du Refrain.* — *Mon
Amoureux.* — *Tout ce qui reluit n'est pas
Or.* — *A bon Chat bon Rat.* — *Contentons-nous d'un à-peu-près.* — *C'est toujours
du pareil au même.* — *La Mauvaise Herbe
croît toujours.* — *C'est toujours du Bouilli
et jamais du Rôti,* etc.

Vous voyez que *la Muse plébéienne* a pris
son nom au sérieux : elle aime les proverbes; et, si elle n'agite pas les grandes
questions sociales ou historiques, elle sait
extraire de cette gangue un peu brute qu'on
appelle le bon sens des nations — la gaieté,
ce pur diamant.

La gaieté, je le répète, voilà le cachet de

Joseph Lavergne : l'oubli de la veille, l'insouci du lendemain ; les deux tiers du bonheur !

Nulle prétention, nulle recherche, beaucoup de facilité, quelque négligence peut-être dans la rime, mais une grande clarté et une naïve bonhomie : voilà les chansons de Joseph Lavergne.

EUGÈNE IMBERT.

LETTRE

Mon cher collègue,

Vous avez sans doute assisté à quelques repas de noces, et, comme moi, remarqué qu'au moment du dessert, le garçon présente aux invités des cure-dents sur un plateau, dans lequel il a eu soin de mettre des pièces de 2 fr., 5, et plus quelquefois. — Ces pièces ont pour but d'intimider le dîneur et de le forcer, en quelque sorte, à ne pas donner moins. Je dois vous dire, mon cher Lavergne, que la préface de Guérin placée en tête de votre recueil remplit juste l'office des pièces de monnaie dans le plateau. — C'est du moins mon avis, — Quant à moi, je suis le convive qui, sans gêne aucune, ne donne que ce qu'il croit devoir donner, et je vous dis :

Il y a tant de bonhomie et de modestie dans votre manière simple d'écrire, que cela fait passer la légèreté de certains sujets.

Mais, lecture faite de vos chansons, on reste convaincu, de par la tournure facile de certains vers, qu'avec un peu plus d'application dans le style et un peu plus de recherche dans le choix des sujets, vous pouvez faire bien mieux. Votre muse est une bonne fille, Guérin a eu raison de le dire; mais pour la conserver telle, ne l'habituez pas à s'amouracher de tout ce qui se présente à elle, faites-la choisir.

Une chose qu'en ami je ne saurais trop vous recommander, c'est de négliger beaucoup plus que vous ne le faites le couplet-préface, toujours inutile, et le couplet de la mort pour terminer. Ce vieux genre barque-à-Caron accuserait une pauvreté d'imagination, tandis qu'au contraire c'est par là que vous êtes le plus heureux ; on voit que vous pourriez allonger chacune de vos chansons, et que vous les avez terminées non pas faute de sujets, mais par égard pour le cadre de la chanson.

Et votre *Juif-Errant*, y tenez-vous ? Moi, il me semble d'un poids énorme dans le mauvais côté de la balance.

Courage donc ! persévérance et travail ; puisque nous faisons tant que de donner nos loisirs à la poésie, — tâchons que cela soit à son profit ; — moins de vers, plus d'œuvres.

Mais croyez bien, mon cher Lavergne, que si je vous dis tout cela, c'est en camarade et non en maître; c'est à charge de revanche, et je pourrais vous en demander autant au premier jour.

Je vous serre la main.

EUGÈNE BAILLET.

LA TRIBUNE LYRIQUE

BIBLIOGRAPHIE

—

La Muse plébéienne (petit recueil de poésies que vient de publier M. Joseph Lavergne, dont le nom déjà a figuré dans *les Échos du Vaudeville* et dans *le Panthéon des Ouvriers*) contient de tout un peu : fables, chansons, élégies, etc. La variété, tant s'en faut, n'est point un mal; on arrive au dernier feuillet d'un livre sans ennui, sans effort, et, ma foi, c'est quelque chose.

Joseph Lavergne est un esprit clair, net, simple ; la nature, on le sent, l'a fait comme cela ; s'il voulait être prétentieux et recherché, il ne le pourrait pas. C'est assez dire que lui et ses poésies ne font qu'un. Mais que l'on ne croie pas que les qualités que nous venons d'énumérer excluent le goût, l'esprit, la grâce, la finesse, voire même la force ; au contraire, à notre sens, elles comportent toutes ces choses : Joseph Lavergne l'a prouvé.

Nous pensons donc et croyons ne pas nous tromper en disant que le public partagera notre opinion sur le recueil de Joseph Lavergne. Déjà l'éloge en a été fait à Paris dans différents juornaux littéraires, et c'était justice ; mais il manquait celui de *la Tribune lyrique populaire ;* nous espérons que notre digne ami Demoule, son fonda-

teur, voudra bien accorder dans son temple
tout plébéien une petite place à une muse
toute plébéienne.

D'ALBANÈS HAVARD.

LETTRE

Monsieur et cher collègue,

J'ai reçu, par l'entremise de notre ami
Aristide Saclé, votre volume de chansons
et de poésies intitulé *la Muse plébéienne.*

J'ai remarqué dans votre ouvrage de fort
jolies poésies, témoins : *La Goguette,* un
tableau tracé de main de maître, ainsi que
votre agréable romance *l'Orpheline.* Dans
la Taupe et le Ver luisant, votre morale
est bien vraie, elle dépeint fort bien l'exis-
tence du pauvre ouvrier de la pensée ; c'est
un voyage rempli d'écueils sur la mer de

l'intelligence. Mais il ne faut pas pour cela briser votre lyre : au contraire, chantez encore, chantez toujours; car, si, comme vous dites avec raison, *la Mauvaise herbe croît toujours*, il faut au moins placer un baume auprès de la douleur; chantez pour le peuple, car sa noble classe est susceptible de reconnaissance.

THÉODORE LECLERC (de Paris).

JOURNAL L'EFFRONTÉ

BIBLIOGRAPHIE

Il y a un peu de tout dans ce petit sac : une trentaine de chansons, cinq ou six charades, voire même une épitaphe. Eh ! mon Dieu ! oui, comme en toute chose, la vie coudoie la mort; à côté du vin la bière !.... Enfin rien n'y manque : une étiquette rose

tendre annonce que l'auteur comprend la
chanson de nos pères, qu'avec un peu d'efforts, de recherches, et de travail, il doit
la ressusciter.

Nous ne voulons pas éplucher ce volume;
mais, visite faite des pièces, nous repro-
cherons à la muse de M. Lavergne un laisser-
aller qui l'écarte de la véritable poésie; sa
versification est trop négligée, le vers y est
dur et heurté, la pensée est souvent banale
et se fait l'écho, pâle et affaibli, de toutes
les chansons passées et présentes. Que fait
au milieu de ce recueil cette tirade de vingt-
deux vers, intitulée *le Choléra de 1849*?
pourquoi choisir de pareils sujets?

Il y a cependant çà et là quelques chansonnettes qui ne manquent ni de verve ni
d'entrain. Il y a parfois de la gaieté, une
certaine chaleur et une envie de bien faire
que nous ne pouvons méconnaître. M. Lavergne peut arriver, s'il le veut: M. de

Broglie et l'empereur Sévère lui crient du pont des Arts, et en latin : *Travaillons.*

FIRMIN MAILLARD.

LETTRE

—

Paris, 3 juillet 1859.

Mon cher Lavergne,

Voici mon opinion très-sincèrement exprimée sur votre volume : j'avais l'intention de l'offrir au *Panthéon des ouvriers ;* ce journal n'existant plus, je vous l'offre sans arrière-pensée.

ARISTIDE SACLÉ.

BIBLIOGRAPHIE.

On ne devient jamais habile à ne rien faire.

Telle est l'épigraphe que je prends dans

3.

le volume de Joseph Lavergne pour essayer
non d'une analyse, mais parler sans détours.
Tel est le motif qui me fait agir.

L'Exemple de nos devanciers, qui commence *la Muse plébéienne*, est une chanson d'une assez bonne facture. On peut en
juger par ce refrain :

> Pour bien faire
> Et pour savoir plaire,
> Suivons tous, jeunes chansonniers,
> L'exemple de nos devanciers.

A ces vers que j'approuve j'ajouterai
ces mots : excepté pour les *épitaphes*, les
logogriphes, les *charades*, les *acrostiches*
et autres fadaises.

Je continue.

Il est de ces gens qui voudraient faire de
la chanson un éternel et ennuyeux sermon ;
pour ma part, je n'admets pas plus l'excès
de l'épicurisme que celui de nos prétendus

penseurs, qui dans leurs songes creux ou-
blient souvent que la chanson doit d'abord
nous divertir sans oublier de nous moraliser.

A ces mots, je crois entendre la Critique
inflexible fronder à mes dépens.

Je répondrai à cette haute souveraine
par ces vers toujours extraits du volume en
question, et dans la pièce intitulée : *A bon
Chat bon Rat,*

> Amis, sans mélancolie
> Goûtons le plaisir :
> Bien fou qui, dans cette vie,
> Ne sait pas jouir.

Voilà pour ce qui est de nous divertir.

J'extrais encore ces vers d'une autre
production qui a nom *Délire;* bien de ces
gens qui ne se donnent jamais la peine de
lire, avant de juger devraient faire leur
profit de ce sage conseil :

Plaignons celui que sa puissance attire,

Pour le guérir tout effort serait vain.
Tout en buvant évitons le délire;
Que la gaieté soit l'amante du vin.

Évitons le délire, voilà pour la morale...
Je poursuis, non sans relire *l'Amphitryon
et le Poète*, qui n'a qu'un défaut, c'est d'être
trop court.

Je dois avouer que pour les chansons pa-
toisées, je ne les goûte nullement, quoique
étant coupable moi-même de plusieurs pé-
chés de ce genre; cependant je croirais
manquer à l'impartialité si j'omettais de
citer celle-ci, qui, selon moi, renferme non-
seulement de la bonhomie, mais encore d'ex-
cellents principes :

J' voudrais que l' prolétaire
Qui s'use en travaillant,
Eût au moins l' nécessaire;
Je n' suis pas exigeant.

Le Sculpteur et la Main gauche, Je

n'aime que les Fleurs, dont la contre-partie m'a fourni le sujet d'une production que les connaisseurs m'ont fait l'honneur d'approuver; plus *l'Espérance*.

Toutes ces poésies dénotent une certaine coquetterie et brillent par l'absence de toute vanité; en un mot, le titre s'accorde avec les œuvres, et quelquefois même les œuvres s'élèvent plus haut. Mon opinion est que Joseph Lavergne, en travaillant un peu, pourrait faire pâlir quantité d'étoiles qui n'ont fait que filer... Je m'adresse à tous les envieux d'une popularité usurpée que je ne veux pas me donner la peine de citer, car chacun les connaît.

Je le répète, j'ai parlé avec conviction, et ceux que ma franchise pourrait offusquer, je me charge de leur prouver, le volume à la main, que je n'avais pas tort de reconnaître du bon sens, de la gaieté, de la fraîcheur et du sans-façon dans la manière de faire de l'auteur de *la Muse plébéienne.*

Enfin, je finis en répétant à ceux qui ne savent pas reconnaître le mérite : Vous qui prétendez être beaucoup plus habiles, faites des œuvres, et nous vous jugerons avec conscience, car nous ne sommes d'aucune coterie.

ARISTIDE SACLÉ.

AU PREMIER VOLUME

DE

LA MUSE PLÉBÉIENNE

DE

JOSEPH LAVERGNE

SONNET

Joli petit livre, où je vois éclore
Tant de gais refrains, de douces chansons,
Aux champs de l'esprit que d'amples moissons
N'ont pas une gerbe aussi riche encore !

Petit livre rose, qui, sans façons,
Ne rengaine rien, le soleil qui dore
Tes malins tableaux, ton nid de pinsons,
C'est souvent le cœur vrai sans métaphore.

Mais, dit l'auditeur, quoiqu'il soit charmé,
Proverbes piquants sous forme vulgaire
Sont... critique au diable ! Il n'est rien à faire.

Et, pour moi, j'ai ri, je suis désarmé.
Gardez votre fiel, votre ton sévère,
Plus tard, s'il se peut, vous mordrez son frère.

E. DAUSSIN.

APPRÉCIATION

Ami Théo,

Tu me demandes, — tu veux même que je te fasse une appréciation du livre de Joseph Lavergne; mais demande-moi plutôt un discours en latin ; avec le temps je pourrai te le faire; mais formuler un juge-

ment sur un livre ! moi, qui n'en ai jamais
fait (de livre) ! Enfin, tu le veux ; seulement
remarque bien que tu n'es plus à mes yeux
qu'un usurier. Quoi ! pour une rime qu'un
jour tu m'as donnée, tu me demandes des
pages ; et quelles pages encore ? — de la
critique.

Je commence par te dire que le titre
« *Muse plébéienne* » me plaît et m'attire ; il
me dit : modestie, simplicité, naturel ; et,
en effet, quelle est cette muse plébéienne,
si ce n'est la chanson la plus folle et la plus
sage, la plus grande et la plus simple des
neuf Sœurs ?

Voilà donc ce que j'ai trouvé dans le livre
de Joseph Lavergne, simplicité et naturel ;
beaucoup de naturel surtout : on voit dans
son livre peu de traces de travail, et c'est
un peu ce que je lui reproche, chaque idée
a dû être jetée sur le papier pour de là
passer sans transition sous la presse.

Il faut se souvenir qu'une pierre fine est belle naturellement, mais que travaillée elle est plus belle encore.

Généralement les chansons de Lavergne sont bonnes, elles sont gaies, toutes elles renferment une idée, — ce qui est le principal. — J'en excepte cependant trois ou quatre, qui semblent ne pas être sœurs des autres, tant elles sont pâles et communes, — elles doivent avoir habité un mauvais quartier, — et puis je n'aime pas ces apostrophes qui font prononcer les mots à demi.

Il y a aussi dans ce volume quelques pièces de vers sérieuses, mais il me reste à parler de trois pièces qui font l'effet, dans ce recueil, de deux larmes sur un visage souriant. Une de ces pièces est *la Taupe et le Ver luisant*, fable dont l'idée est très-bonne et dont la forme est charmante et soignée; les deux autres sont *César* et *Je*

4

n'aime que les Fleurs, que j'ai lues avec beaucoup de plaisir. Elles sont peut-être le résultat d'une petite bouderie envers la société, mais cette boutade est rachetée par la croyance que l'auteur a dans la pureté des fleurs et dans l'amitié de son ami César. — Il croit...

Et c'est si bon de croire!...

Enfin, ces trois pièces prouvent que Joseph Lavergne peut faire bien, et que ce n'est que la négligence qui lui fait mettre au jour des chansons médiocres.

Et maintenant, ami, que tu as ce que tu désires, laisse-moi la paix ; je veux m'enfoncer dans l'histoire du passé pour tâcher d'y lire la marche de l'avenir.

JULIEN MIRAT.

APPRÉCIATION

—

LA MUSE PLÉBÉIENNE

La semaine dernière, un ami m'apporta
Un recueil de chansons sans le moindre *errata*,
C'est de nos vieux refrains une réminiscence
Où, fort souvent, l'esprit brille par son absence.
S'il a d'autres défauts, j'en serais étonné ;
Je n'en lui trouve qu'un, c'est celui d'être né.
Pourtant l'aigle des dieux, de sa royale plume,
Daigna flatter l'auteur de ce petit volume ;
Oui, l'Olympien dit : Sans ces joyeux ponts-neufs,
De bon sens et de goût les *Échos* seraient veufs.
A la face des gens, dire une platitude,
Est-ce de la raison l'entière plénitude?   [rien.
C'est comique vraiment, et je n'y comprends
Pourquoi ne dit-on pas qu'il est bon comédien?
Car vous n'ignorez pas que le petit Lavergne
Cabotina longtemps au théâtre d'Auvergne ;
Tout farci de succès vint choir à l'Ambigu,

A l'abri des bravos... et du sifflet aigu.
Du reste, que me fait l'acteur et sa coulisse?
Je critique un auteur et blâme son complice!
L'ex-rédacteur en chef du défunt *Sans le Sou*,
— Alexandre Guérin (1),— ficha l'énorme clou
Où Lavergne, un beau jour, pendit à l'étourdie
Son recueil plébéien atteint de maladie;
Pour que l'expression ne soit point un rébus,
De mon héros lisez *le Choléra-morbus*.
Au milieu des flons-flons sa marotte inhabile,
Page quatre-vingt-seize a formé tache d'huile.
Le fracas de la vie au calme du cercueil,
Se heurte et se confond dans ce petit recueil,
Et le rire gaulois qui veut y prendre place
Réussit tout au plus à faire la grimace.
Le bon sens et le goût, la rime et la gaîté,
Tout trébuche à la fois faute d'habileté.

RENÉ PONSARD.

(1) Ceci est une des nombreuses erreurs de M. Ponsard (non de l'Académie), car Alexandre Guérin n'a même jamais collaboré à ce journal; le titre de rédacteur en chef du *Sans le Sou* appartient à M. Constant Arnould. J. L.

NOTE

—

Sur ce qui concerne *la Muse plébéienne* et son auteur, je ne crois m'être rendu que l'écho d'un cri général.

Sans doute il y a toujours certain mérite à faire de médiocres chansons, surtout lors-qu'on sait les garder de la versalité des nuances, ne serait-ce que d'avoir eu la pa-tience de les écrire ; — mais je ne com-prends pas qu'on se laisse choir dans le tra-quenard de la flatterie avec aussi peu de résistance, et qu'on oublie sa raison et son jugement, si faibles qu'ils soient, jusqu'à se draper dans les plis d'une sottise taillée en pleine étoffe. Que vous en semble ?

Celui qui prêta si gracieusement son con-cours à l'auteur de *la Muse plébéienne*, peut bien être un excellent camarade, mais à coup sûr ce n'est pas un adroit ami.

PONSARD.

LETTRE

Recevez, Monsieur, tous mes remercîments pour le petit volume que vous avez eu la bonté de m'envoyer.

Je n'ai pas encore tout lu et tout chanté, mais je vois que vous êtes de la vieille École et que vous promettez d'être un de ses soutiens.

Courage, Monsieur, chantez et pensez quelquefois à ceux qui sont trop vieux pour chanter encore.

Votre très-obligé serviteur,

BÉRANGER.

24 mars 1856.

MUSE PLÉBÉIENNE

‑o‑o‑o‑o‑o‑c‑o‑o‑o‑o‑o‑o‑o‑o‑co‑o‑o‑o‑o‑o‑o‑o‑o‑o‑o‑o‑o‑o‑

ALLONS-Y GAIMENT

Air : *J'arrive à pied de province.*

Les r'frains qu'on chantait naguère
  Ne trouv'nt plus d'écho,
Car aujourd'hui c' qu'on préfère,
  C'est l' chant au piano.
Le vieux Momus se désole
  De c' sot engouement;
Faisons r'naîtr' la gaudriole
  Allons-y gaiment!...

Ça m' fait vraiment pouffer d' rire,
  D' voir ces amoureux
Qui n' parlent que d' se détruire
  A l'objet d' leurs feux.

Près d' Fifine ou de Sylvie,
    Au minois charmant,
Au lieu de perdre la vie,
    Allons-y gaîment!...

L' peu que j' gagne en piochant ferme
    S'en va je ne sais où,
C'est d'main l' huit et d' mon chien d' terme
    J' n'ai pas l' premier sou.
Mais que m' veut donc la portière?
    Un' lett' d'enterr'ment...
Tiens! c'est d' mon propriétaire :
    Allons-y gaîment !...

C' vieux cancre à qui rien n' sait plaire
    Que d' compter son or,
S' priv' souvent du nécessaire
    Auprès de son trésor;
Quand d' jaunets nos poch's sont pleines,
    C' qu'arriv' trop rar'ment,
Qu' ça serve à l'oubli d' nos peines :
    Allons-y gaîment!...

Quand d' déguerpir de la terre,
    Vient l' jour solennel,
Plus d'un mourant s' désespère,
    Craignant l'Éternel.
Loin de s' mett' martel en tête
    Pour c' dernier log'ment,
Quand not' conscience est nette,
    Allons-y gaîment !...

L'HOMME ET L'ESPOIR

DIALOGUE

—Que de maux ici-bas ! de tourments ! de souf-
                                    [france !..
—Mais l'homme, chaque jour, n'a-t-il pas l'es-
                                    [pérance
D'un bonheur plus parfait ? Rêve d'azur et d'or...
—Rêve, en effet, hélas !... qui s'enfuit vers la
                                    [nue :
    Car l'homme espère encor,
    Que la mort est venue !

LES ZINGUEURS [1]

Air : *Roule, roule, gentille boule.*

Frères, frères,
Qu'en choquant nos verres,
Les zingueurs
Unissent leurs cœurs.

Qu'à ce banquet l'amitié nous rassemble,
Car trop longtemps nous fûmes désunis;
En ce beau jour chantons, rions ensemble,
Et désormais restons toujours amis.

Frères, frères,
Qu'en choquant nos verres,
Les zingueurs.
Unissent leurs cœurs.

[1] Chanson faite à l'occasion d'un banquet de réconciliation d'ouvriers zingueurs (1857).

Laissons la haine à ces flatteurs sans âme,
Qui vont d'un grand saluer le réveil :
Un saint espoir nous guide et nous enflamme ;
Nous n'assistons qu'au lever du soleil.

        Frères, frères,
    Qu'en choquant nos verres,
        Les zingueurs
    Unissent leurs cœurs.

Sur plus d'un toit s'exerce notre adresse ;
Pardonnons-nous jusqu'au moindre défaut.
Pourrions-nous bien faire une petitesse,
Nous qui voyons les choses de si haut ?

        Frères, frères,
    Qu'en choquant nos verres,
        Les zingueurs
    Unissent leurs cœurs.

Des grands du jour nous qui couvrons l'asile,
N'ayons jamais de discords superflus,
Fraternité devient notre évangile,
Car du travail nous sommes les élus.

> Frères, frères,
> Qu'en choquant nos verres,
> Les zingueurs
> Unissent leurs cœurs.

Que l'union dans nos veines circule,
Et l'avenir nous sourira joyeux ;
Comme le zinc au soleil qui le brûle,
Notre drapeau deviendra lumineux.

> Frères, frères,
> Qu'en choquant nos verres,
> Les zingueurs
> Unissent leurs cœurs.

CHARADE

—

Les ânes, les mulets, ont souvent mon premier,
Et mon entier toujours se voit sur mon dernier.

(Voir la table pour le mot de la charade.)

LA SAINTE JULIE

Air des *Fraises*.

Chez Julie, en ce beau jour,
Emplissons de piquette
Les grands verres tour à tour,
Afin de les vider pour
    Sa fête. (*ter*)

Julie, à l'instar des gueux,
Ne nous sert qu'une assiette,
Car en nous en mettant deux,
On eût été moins nombreux
    En fête.

Julie aujourd'hui n'a pas
D'ortolans fait l'emplette;
C'est le cœur et non les plats
Qui préside à ce repas
    De fête.

5

Il faut bannir, aujourd'hui,
Toute humeur inquiète,
Et dans cet humble réduit,
Que l'on soit toute la nuit
         En fête.

Que le reflet de ce vin
Sur nos fronts se projette,
Et, nous mettant tous en train,
Nous inspire un gai refrain
         De fête.

Chez Julie, amis, parents,
Et sans plus d'étiquette,
Puissions-nous dans cinquante ans
Nous trouver encor présents
         En fête!

1859.

LE SAUVEUR

—

Un jour, un frêle esquif par le vent ballotté,
De son sein dans les flots fit choir une beauté;
Un être courageux, s'élançant à la nage,
La ramène aussitôt sur le bord du rivage;
La belle ouvrant les yeux cherche en vain son
{sauveur,
Pour le remercier du plus profond du cœur,
Et, ne le voyant pas, se désespère et pleure,
Demandant à grands cris à connaître sur l'heure
Cet homme généreux, voulant par un hymen
Lui donner sa fortune et son cœur et sa main.
Mais, lui répondit-on, celui que ton cœur aime
N'est pas digne de toi.—Je l'épouse quand même,
Il serait vieux et laid et n'aurait aucun bien ;
— C'est impossible, enfant, ton sauveur c'est
{un chien.

LES RATS[1]

Air : *Verse, verse le vin de France.*

On a dit à bon chat, bon *rat*,
Ce proverbe est assez notoire,
Il est l'image du combat,
Au plus fin reste la victoire.
Si parmi nous quelques in*grats*
Méconnaissaient notre harmonie,
Les vrais *rats* deviendraient des chats,
Pour étouffer la tyrannie : (*bis*)

Mes amis, buvons sans entraves,
Buvons tous en l'honneur des *rats*,
Devenons de vrais *rats* de caves,
Et l'impôt n'y gagnera pas.

Les *rats*, je le vois aujourd'hui,
Deviennent choses à la mode,

[1] Chanson faite à l'occasion de l'ouverture de
la société lyrique des *Rats* (1843).

On ne voit plus qu'en *raccourci*,
On *r'habille* et l'on *raccommode*,
On *radoube* plus d'un vaisseau,
On *raconte* aussi leur histoire
Et jadis auprès d'un *radeau*
On battit certain *ra* de gloire.

Mes amis, buvons sans *entraves*,
Buvons tous en l'honneur des *rats*,
Devenons de vrais *rats* de caves,
Et l'impôt n'y gagnera pas.

Rapin, rapia, rapine enfin,
Mais pourquoi parler de *rapine*,
La rime prête au masculin,
Bien qu'on la trouve féminine,
Razzia, veut dire *rapiamus*;
A la Bourse et dans l'Algérie,
L'une *raccroche* nos écus
L'autre *ravage* la prairie.

Mes amis, buvons sans *entraves*,
Buvons tous en l'honneur des *rats*,

5.

Devenons de vrais *rats* de caves,
Et l'impôt n'y gagne*ra* pas.

Rappelez toujours à vos fils
Qu'un grand guerrier d'un vol *rapide*
Ranima les preux de Memphis,
En leur montrant la pyramide
Qu'ils ramènent dans leurs foyers
Le noble *rameau* des batailles,
On *ravive* de vieux lauriers
Dans de glorieuses funérailles.

Mes amis, buvons sans entraves,
Buvons tous en l'honneur des *rats*,
Devenons de vrais *rats* de caves,
Et l'impôt n'y gagne*ra* pas

Enfin me voilà *ramené*
A ces couplets que je *racole*,
Et loin d'être *ratatiné*,
Comme Racine je m'envole
Ah! je pourrais me *ralentir*
Mais votre bonté me *rassure*,

Vite faites-moi rafraîchir,
Ne ratez pas, je vous conjure.

Mes amis, buvons sans entraves,
Buvons tous en l'honneur des *rats,*
Devenons de vrais *rats* de caves,
Et l'impôt n'y gagnera pas.

RÉFUTATION

—

Oui, c'est glorifier, selon moi, le suicide
Que d'avoir prononcé cette phrase stupide :
« Quand on a tout perdu, quand on n'a plus
                                           |d'espoir,
» La vie est un opprobre et la mort un devoir. »
L'auteur de cet avis soi-disant salutaire
Eût été le premier, je crois, à n'en rien faire.

LA CENTIÈME DES FUGITIFS

—

Cent! sois le bienvenu, chiffre tant désiré!
Ambigu, tu te vois enfin régénéré.
Depuis longtemps, hélas! tu n'eus pareille fête.
Nos directeurs ont fait cette heureuse conquête;
Par leur intelligence, ils vont prouver encor
Qu'en semant de l'argent on récolte de l'or;
Ils ont su confier à Chéret, à Philastre,
La décoration sublime comme un astre,
Et deux poëtes vrais ont signé, cette fois,
L'un Ferdinand Dugué, l'autre Anicet Bourgeois,
Ce drame saisissant aux scènes émouvantes
Qui pénètre les cœurs d'émotions poignantes.
Une part du succès appartient aux auteurs,
Une au metteur en scène, Enfin, grâce aux acteurs,
Et surtout au talent de Lacressonnière,
Dont s'anime à l'envi la troupe tout entière,
On voit le spectateur dès longtemps disparu
Reprendre le chemin de son vieil Ambigu.

Les mauvais jours ont fui, de meilleurs les rem-
[placent ;
Où l'herbe allait pousser les familles s'entassent.
A l'orchestre entraînant Artus s'est surpassé,
Et son quadrille heureux longtemps sera dansé.
Citons aussi Godin, l'habile machiniste,
Qui sait dans son travail prouver qu'il est artiste,
Herbin, Ruby, Ratel et le corps de ballet,
Dont l'ensemble produit un merveilleux effet.
Le zèle ou le talent peut dans cette victoire
Réclamer à bon droit une part de la gloire,
Et, grâce à tant d'efforts, nos directeurs actifs
Pourront faire afficher deux cents des Fugitifs.

1858.

_____

CHARADE

—

Jeune fille à seize ans rêve de mon premier,
Et mon entier se fait à la fleur du dernier.

(Voir la table pour le mot de la charade.)

MA BIEN-AIMÉE

—

Ah! si je pleure amis, c'est que je l'ai perdue,
Celle que j'adorais; j'en ai l'âme éperdue,
Car elle était si belle avec son œil de feu,
Qu'on en était épris rien qu'à la voir un peu.
Son beau front était blanc comme une porcelaine;
Elle enivrait mes sens avec sa douce haleine,
Tout exhalait en elle un parfum oriental;
Son doux contact aussi retrempait mon moral.
Nous passions tous les deux des moments pleins
                                        [d'extase.
Sans cesse du plaisir la coupe était à rase.
Ah! j'ai passé par elle, amis, des jours bien doux!
Un pacha, j'en suis sûr, en eût été jaloux.
Le soir, quand le sommeil m'attirait vers ma
                                        [couche,
Je la sentais sitôt se poser sur ma bouche.
Elle m'a fait goûter le bonheur ici-bas,

Éphémère bonheur, trop vite éteint, hélas !
Car un jour je la vis, cette fidèle amante,
Succomber, sous mes yeux, d'une mort violente ;
Depuis ce moment-là, j'erre comme un vrai fou,
Je fuis tous les plaisirs, je deviens un hibou.
De la bonté c'était le plus excellent type....
Qui me consolera d'avoir cassé ma pipe?....

QUATRAIN

RIMES DONNÉES

Jeune et charmante enfant, séduisante *Suzon*,
Livre-toi sans détour à l'amour de *Jérôme*,
A la joie au bonheur, à la folle *chanson*,
Car bientôt tes quinze ans fuiront comme un
                                              [*fantôme.*

Le Banquet des Sapeurs[1]

Air : *J'arrive à pied de province.*

Sapeurs, mes amis, mes frères,
    Il faut en ce jour,
Aux chocs bruyants de nos verres,
    Dans ce gai séjour,
Bannir la mélancolie,
    Les noires humeurs,
En buvant jusqu'à la lie,
    Francs et gais sapeurs !

Le sapeur est très-bel homme,
    Aussi le voit-on
Être heureux, ah! Dieu sait comme,
    Près de Cupidon ;
Pour lui jamais de cruelles,
    Il sort en vainqueur

(1) Chanson faite à l'occasion d'un banquet de sapeurs de la garde nationale (1859).

Même auprès des plus rebelles,
  L'amoureux sapeur.

Notre sergent aime à rire
  C'est un bon vivant,
Son franc caractère attire
  Et charme souvent;
Grande est sa magnificence
  Aux vives couleurs,
Lorsqu'il dit, plein... d'éloquence,
  Gonflez-vous, sapeurs !

Es-tu fort? dit à Lepage
  Certain général,
Et, dans son noble langage,
  Notre caporal,
D'un jeu de mots qu'il effleure
  En sa bonne humeur ;
Oui, mon général, au beurre (1),
  Répond le sapeur.

Gloire à notre ami Philippe,
  Sapeur diligent!

(1) (*Sic*).

6

Par amour du grand principe,
    Il est obligeant;
Chacun de nous le regarde
    Avec l'œil du cœur,
Car il vient monter sa garde
    En vaillant sapeur!

Amis, vidons notre verre
    Plein de vin sans eau,
Au commandant notre père
    Monsieur Moréneau.
En ce lieu, par sa présence,
    Il nous fait honneur;
A lui la reconnaissance
    De chaque sapeur!

Si notre mère patrie
    Était en danger,
Et qu'un jour elle nous crie
    De la protéger,
On verrait à la frontière
    Accourir sans peur,
Pour y défendre sa mère
    Le brave sapeur!

LA

COMÈTE DE JUIN 1857

AIR : *Maman, le mal que j'ai.*

La Comète de Juin
  Va, dans sa ronde,
    Boul'verser l' monde...
  La Comète de Juin
Va détruire le genre humain.

D'après c' qu'ont prédit maints savants,
C'te comèt' doit lancer ses flammes
Sur les petits et sur les grands,
Les pervers et les bonnes âmes.

  La Comète de Juin
    Va, dans sa ronde,
      Boul'verser l' monde...
    La Comète de Juin.
  Va détruire le genre humain.

Pauvres amoureux, qui jamais,
N'réussissiez auprès des belles,
Réjouissez-vous : désormais
Vous en aurez des ribambelles.

La Comète de Juin
Va, dans sa ronde,
Boul'verser l' monde. ..
La Comète de Juin
Va détruire le genre humain.

Dign's pendants de nos usuriers,
Grippe-sous de propriétaires !
Plutôt d' renchérir vos loyers,
Avec Dieu réglez vos affaires. ..

La Comète de Juin
Va, dans sa ronde,
Boul'verser l' monde...
La Comète de Juin
Va détruire le genre humain.

Et vous, hommes intelligents,
Historiens, romanciers, poëtes.

N' vous occupez plus des sott's gens
Qui trait'nt vos œuvres de sornettes.

La Comète de Juin
    Va, dans sa ronde,
    Boul'verser l' monde...
La Comète de Juin
Va détruire le genre humain.

Dans la nuit du treiz', c'est certain,
C' météor' chez nous va descendre,
C' qui f'ra que l' quatorze au matin,
Nous nous réveillerons en cendre...

La Comète de juin
    Va, dans sa ronde,
    Boul'verser l' monde...
La Comète de Juin
Va détruire le genre humain.

Quand arriv'ra c' fatal moment,
Nous chant'rons tous une drôl' d'antienne...
Malgré ça, moi, j' préfèr' franch'ment,
Que ce soit l' treiz' que l' douz' qu'il vienne.

6.

La Comète de Juin
Va, dans sa ronde,
Boul'verser l' monde...
La Comète de Juin
Va détruire le genre humain.

(Février 1857.)

CHARADE

—

On trouve mon premier tout autour de la terre.
Mon second est la plante où l'écorce, souvent,
Produit l'objet premier pour certain vêtement ;
Et mon tout pour les bœufs n'est pas très-salu-
[taire.

(Voir la table pour le mot de la charade.)

LE BANQUET ANNUEL

DES

OUVRIERS ZINGUEURS

Air : *Eh! non, non, non, non, non.* (Béranger.)

Sainte fraternité,
Ramène à notre fête,
Pour qu'elle soit parfaite,
L'accord et la gaîté

En ce jour oublions
Nos discords, camarades ;
Chantons, rions, trinquons,
Buvons maintes rasades.

Sainte fraternité,
Ramène à notre fête,
Pour qu'elle soit parfaite,
L'accord et la gaîté.

Chassons!) in du bercail
Les *tireurs de sonnettes* (1),
Car nous! ous au travail
Avons droit sans courbettes.

Sainte fraternité,
Ramène à notre fête,
Pour qu'elle soit parfaite,
L'accord et la gaîté.

Lorsque par le malheur
Un frère est sans ressource,
Nous calmons sa douleur
En ouvrant notre bourse.

Sainte fraternité,
Ramène à notre fête,
Pour qu'elle soit parfaite,
L'accord et la gaîté

Le président Noché,
J'en ai fait la remarque,

(1) C'est ainsi qu'on appelle, dans la corporation
des zingueurs, ceux qui travaillent à bas prix.

Sait comme un vieux nocher
Diriger notre barque.

Sainte fraternité,
Ramène à notre fête,
Pour qu'elle soit parfaite,
L'accord et la gaîté

Notre réunion,
L'an dernier, fut modèle;
Zingueurs, qu'elle ait pour nom
L'Union fraternelle.

Sainte fraternité,
Ramène à notre fête,
Pour qu'elle soit parfaite,
L'accord et la gaîté.

Vous qui séchez nos pleurs
Femmes, l'âme enivrée,
Nous vous proclamons fleurs
Fleurs de notre soirée.

Sainte fraternité,
Ramène à notre fête,
Pour qu'elle soit parfaite,
L'accord et la gaîté.

1858.

CONSEIL A UN JEUNE AUTEUR

—

Si tu veux aborder maints et maints sujets
                                         [drôles,
Et du Parnasse, un jour, gravir l'âpre chemin,
Assaisonne tes vers, collègue Duchemin,
De beaucoup plus de sel, de bien moins de pa-
                                         [roles.

REVUE

DES CHANSONNIERS DE PARIS

—

Air : des *Comédiens*, ou de *la Petite Margot*.

Frondant ici l'orgueil, le ridicule,
Sans fiel sur eux décochant plus d'un trait,
Des chansonniers, dont la race pullule,
Nous essayons d'esquisser le portrait :

Quand de rimer la triste maladie
Vient s'ajouter à tous nos autres maux,
Inspire-nous, *Pierre Lachambeaudie* :
Tu fais si bien parler les animaux !

Pierre Dupont, le chantre de la Vigne,
S'offre de suite au regard du lecteur ;
Par son talent il en est le plus digne,
A tout Seigneur nous devons tout honneur.

Partout naguère on aimait à redire
Les chauds refrains de *Gustave Leroy,*
Mais la mort vint trop tôt briser sa lyre;
Des chansonniers, amis, pleurons le roi.

En entendant LE PIGNOUF à *Duchenne,*
Ce chant si pur et si mélodieux,
Chacun se dit : Dieu! comme il nous entraîne!
C'est bon, et *Daumester* est encore mieux.

Bien plus heureux que défunt Diogène,
Piaud trouve un homme aux chefs-d'œuvre
Car, pour lutter en sa lyrique arène, [nouveaux,
René Ponsard répond à ses ÉCHOS.

Voici *Nadaud* qui réveilla GRÉGOIRE.
Ses airs joyeux ramènent la gaîté,
Chacun lui dit : RACONTE TON HISTOIRE;
Nous l'écoutons avec félicité.

Imbert au vice a poussé bien des bottes
Sur le terrain de la folle gaîté.
S'il n'a pas mis son esprit dans ses BOTTES,
Pour l'avenir il en a de côté.

J.-J. Evrard, que Paris a vu naître,
Rêve un succès au lointain Odéon;
Depuis ce temps *J.-J.*, notre grand maître,
Déserte, hélas! le camp de la chanson.

O travailleurs, remplis d'intelligence,
Applaudissez la muse de *Festeau*;
Car ses refrains consolent l'indigence,
Et font chorus au pan pan du marteau.

L'ex-président des FILS DU VAUDEVILLE,
Le professeur, enfin, *Georges Lecreux*,
Se croit de tous le plus fort sur le style;
Mais ses refrains sonnent toujours le creux.

Grâce à l'ardeur de sa LOCOMOTIVE,
Qui prend son vol avec rapidité,
Rabineau voit porter de rive en rive,
Ses chants d'espoir, d'amour, de liberté.

Du grand *Aubert* l'inévitable barde,
Pecquet, l'émule au fameux *Louis Brochot*,
Un jour trouva son MARCHAND DE MOUTARDE,
Oui, mais le sel toujours lui fit défaut.

7

T'oublirons-nous, ouvrière poète,
Dont le talent sera toujours chéri?
Dans la romance ou dans la chansonnette
Brille ton nom, douce *Élisa Fleury.*

Rimeur fécond, grâce à PIERRE GRINGOIRE,
Aubry fit preuve une fois de talent :
Un chant sur mille a consacré sa gloire,
Beaucoup encor n'en pourraient dire autant.

Chaplain le fils n'est pas *Chaplain* le père,
Dont les beaux vers se publiront un jour;
Par le travail *Chaplain* le fils espère,
Avec le temps, s'illustrer à son tour.

Varin s'écrie : Apprenez la grammaire,
Jeunes auteurs, lisez plus d'une fois
Ce que contient ce livre élémentaire,
Avant d'oser faire entendre vos voix.

Quand feuille à feuille on parcourt le volume
De *Landragin*, l'ouvrier cordonnier,
D'après les vers échappés de sa plume,
Nul ne dira : Ce n'est qu'un savetier.

Un savetier, quoiqu'il n'ait pas d'enseigne,
C'est *Dalés deux*, du bien de tous épris;
A nos refrains il remet une empeigne,
Et des béquets, le tout à juste prix.

Tel qui signa plus d'une œuvre hardie,
Dont à bon droit il se montrait si fier,
Endosse, hélas! mainte palinodie;
Dans ce qu'il fait on cherche en vain le clair.

Rendons hommage à *Guérin*, ce poète
Qui sait si bien parler à tous les cœurs;
Modeste autant que l'humble violette,
Du temps jaloux ses vers seront vainqueurs.

Parlons aussi de notre vieux *Lamarche*,
Dont les refrains sont autant de succès;
Ce chansonnier sait nous montrer la marche
Qui pas à pas nous conduit au progrès.

Durand, dit-on, goûte fort les rengaines,
Que lui fournit le fameux *Demanet*;
Et pour *Daussin*, quand il fait ses fredaines,
Il est plus gai quand il est sans sonnet.

Viens donc, viens donc dérider notre mine ;
Viens donc, viens donc, car sans toi l'on bâillait ;
Viens donc, viens donc, par ton œuvre divine,
Viens donc, viens donc nous enchanter, *Baillet*.

Pour abréger et pour rendre moins dure
Chaque journée à l'utile ouvrier,
Claude Genoux, l'orgueil de la roture,
Fit son recueil des Chants de l'Atelier.

De l'Arlequin nous avons fait l'emplette,
Pour la chanson du sceptique *Sailer;*
Nous étions prêts à lire sa Coquette,
Mais on nous dit que le plus beau c'est l'air.

Jules Jeannin, naguère à la goguette,
Nous égayait par ses joyeux flonflons ;
Sa lyre, hélas ! en devenant muette,
Jette le deuil au sein de nos chansons.

Parmi nous tous, grâce à ses chansonnettes,
Petit a su se faire un grand renom :
Il a sa place au banc de nos poètes ;
S'il est petit, c'est seulement de nom.

O marmitons de plus d'une gargote,
Inclinez-vous tous devant *Jules Choux*;
Sur plus d'un point cet auteur vous dégote,
Car sans épice il fit LA SOUPE AUX CHOUX.

Rendons justice à *Savinien Lapointe*,
C'est un auteur qui connaît son métier;
Pour ses refrains, il a toujours la pointe
Qui manque, hélas! à plus d'un chansonnier.

Joyeux auteur de LA QUEUE EN TROMPETTE,
O *Bonnefond*, du silence ennemi,
Méditais-tu, quand tu fis LA PIQUETTE,
Des auditeurs la Saint-Barthélemy?

Chantre joyeux, vrai poète, *Gonzalle*,
Dont la raison n'est jamais aux abois,
Dans chaque vers, quand ton esprit s'exhale,
Tu fais mentir le dicton champenois.

Charles Guingand, le poète manœuvre,
Signe surtout son titre avec son nom:
C'est superflu, car toujours à chaque œuvre
On reconnaît l'ouvrage d'un maçon.

7.

Rose Castin sait, grâce à son langage,
Nous enchanter, — nul ne peut dire non ; —
Sa poésie est la parfaite image
Du doux parfum que recèle son nom.

Gloire à l'auteur d'une autre Marseillaise,
Qui de nos preux sut doubler la valeur !
Ce chantre heureux qui fit LA PIÉMONTAISE,
Quoique *Barbier*, n'est pas du tout raseur.

Grâce aux élans de sa verve si folle,
Par ses grivois et bachiques refrains,
Charles Colmance, avec la gaudriole,
A le pouvoir de calmer les chagrins.

Un chansonnier à la forme bizarre,
Grâce aux succès que souvent il atteint,
Ne rime plus que pour le TINTAMARRE ;
Pour les ÉCHOS, c'est un *Pothier* d'éteint.

N'oublions pas le modeste *Demoule*,
Dont l'art façonne et le bois et les vers.
Ce menuisier sortit du même moule
Que *Maître Adam*, le rimeur de Nevers.

Par leur talent et par leur gaîté franche.
Toujours unis, *Charles Vincent*, *Plouvier*,
Ont un recueil des REFRAINS DU DIMANCHE;
Mais ils n'ont rien pour le jour ouvrier.

Jean Joninon, chez toi dame goguette
Joyeusement s'installe au cabaret ;
Pour président tu choisis un poète ;
Que ferais-tu si ton *Noël* mourait?

Benoist nous dit : Messieurs, je vous assure
Que d'un *Gibon* l'on peut faire un auteur :
N'en doutez pas, c'est une chose sûre,
Et je prétends être bon assureur.

Quand de Lyon *Fonteret*, le poète,
Nous envoyait élégie ou chanson,
De son vivant il put voir en vedette,
Son nom vingt fois inscrit au PANTHÉON.

Le plus fécond, parmi tous, c'est *Clairville*,
De chaque pièce il est le couplettier ;
Parfois mordant, mais souvent trop servile,
De son esprit il s'est fait un métier.

Las! il n'est plus notre ami *Charles Gille!*
Il est parti suivi de nos regrets;
De notre époque il fut le plus habile :
Paix à sa cendre, honneur à ses couplets!

Ne croyez pas qu'ici l'on vous oublie,
Daniel, Mercier, Girard, Ponty, Basset,
Alais, Simon, toi, gracieuse *Élie,*
Lamour, Prieur, Tostain, George et *Goizet.*

Une autre fois nous dirons à la France
Ce que chacun de vous valut ou vaut :
O chansonniers, tenez-vous bien d'avance,
Car nous pourrions mettre en tête *Devaut.*

Si bien des noms du bout de notre plume
Ne sont tombés, c'est qu'ils vivent perdus,
Malgré leurs vers imprimés par volume,
Dans le fatras les objets inconnus.

Frondant ici, l'orgueil le ridicule,
Sans fiel sur eux décochant plus d'un trait,
Des chansonniers, dont la race pullule,
Saclé, Lavergne, ont tracé le portrait.

DEUX FLÉAUX DU GENRE HUMAIN

—

Oh! maudit soit ton aiguillon,
Toi qui fais souffrir à la rage,
L'adolescent et le barbon,
Sans que nul remède soulage!
Mal affreux créé par l'enfer,
Et vomi sur nous par le diable,
Cent fois pis que le mal de mer,
Tu nous fais fuir jusqu'à la table.
Sur terre tu n'as qu'un rival
Bien connu de par tout le monde,
Souvent, hélas! aussi fatal,
Nous faisant damner à la ronde;
Car l'amour et le mal de dents
Furent des fléaux en tous temps.

LA GUINGUETTE

—

Air : *V'là pourtant comm' je s'rai dimanche.*

On a chanté sur plus d'un ton
Mars, l'amour et la politique,
Et les appas de Jeanneton,
Puis les héros mythologiques.
Hélas ! moi, pauvre rimailleur,
Pour composer ma chansonnette,
Je me suis mis tout en sueur,
Et pour le prix de mon labeur,
Je n'ai trouvé que la guinguette. (*bis.*)

Je ne fus pas l'enfant gâté
Du beau sexe dans mon jeune âge,
Car ce n'est pas par la beauté
Que brillait mon pauvre visage.
Aussi quand je parlais d'amour
A mainte gentille fillette,

Elle me fuyait sans retour,
Mais de ses dédains, chaque jour,
Je m'en riais à la guinguette.

Nous voyons nos représentants
De tout pays, de toute espèce,
Qu'ils soient rouges, bleus, verts ou blancs
Prêts à se dévorer sans cesse :
Ce n'est pas pour nos intérêts
Qu'entre eux ils font une bavette,
Car nous sommes tous leurs jouets,
Mais je me ris de leurs projets
Lorsque je suis à la guinguette.

Que de riches dans leurs palais,
Souvent accablés de tristesse,
Entourés de nombreux valets
Gros et replets par la paresse!
Quand ils donnent un grand repas,
Ils faut observer l'étiquette;
Je me ris de leur embarras,
Car je n'ai jamais de tracas
Lorsque je dîne à la guinguette.

Puisqu'ici-bas il faut partir
Pour un bien plus lointain rivage,
Amis, saisissons le plaisir,
C'est là le précepte du sage :
Lorsque le Temps, ce vieux recor,
Viendra me réclamer ma dette,
Pour me passer le sombre bord,
Mes amis, je veux être encor
Le verre en main à la guinguette.

1848

DISTIQUE

APPOSÉ SUR LES MURS DE LA CELLULE 14

Souvenir de l'Hôtel des Haricots

Je rends grâce au conseil et bénis mes bourreaux,
Car, étant aux arrêts, je crus être aux tableaux.

LA CENTIÈME

DE

FANFAN LA TULIPE

—

Encore une centième à l'Ambigu-Comique,
Deux succès coup sur coup, chose vraiment ma-
[gique !
On acclame FANFAN comme les FUGITIFS,
Que l'on représenta cinq mois consécutifs;
Nos heureux directeurs ont vu combler leur
[caisse
Sans qu'elle eût un seul jour subi la moindre
[baisse;
Mais ils n'ont rien omis pour rendre dignement
L'œuvre qui fut conçue avec tant de talent.
A cette œuvre, chacun reconnaît Paul Meurice:
Chaque fois qu'il construit, il naît un édifice.
Dans l'exécution le public a pu voir

8

Que les acteurs aussi déployaient leur savoir,
Et qu'autour des soleils sans nuages pour voiles,
Notre Ambigu-Comique étincelait d'étoiles.
Mais d'où vient ce succès brillant, incontesté,
Qui se rit de l'hiver et braverait l'été?
Aux talents réunis de Page et de Mélingue,
Que la foule applaudit, que le bon goût dis-
[tingue.

De Page, pour tracer le séduisant portrait,
Il faudrait, je le sens, la plume de Musset,
Et ce n'est qu'en tremblant que ma Muse novice
Essaie en quelques vers d'en crayonner l'es-
[quisse.
~o our nous représenter la belle Pompadour,
~> -t-on pu trouver mieux que la charmante Page?
o râce, attraits, elle a tout! Du livre de l'Amour,
~ lle est, sans contredit, la plus divine page.
Notre metteur en scène, habile, ingénieux,
Tout en trouvant le bien, recherche encor le
[mieux;
Car, dans tous les détails que l'artiste apprécie,
Il se montre soigneux jusqu'à la minutie.
Quant au joyeux quadrille, arrangé par Artus,

Il fait, par son entrain, sauter jusqu'aux perclus;
Bref, tout le personnel, dans un élan superbe,
En vaillant moissonneur a conquis une gerbe;
Car il est des glaneurs dans toutes les moissons,
Comme il est des échos pour les plus humbles
[sons.
Aussi le public dit : « Mille noms d'une pipe!
Courons à l'Ambigu voir FANFAN LA TULIPE;
Là, nous sommes certains d'avoir de l'agrément,
Car FANFAN c'est Mélingue! *En avant! En*
[*avant!*

A PROPOS DE BOTTES

DIALOGUE

Arthur, vois donc, là-bas, le camarade Armand.
Dans sa mise aujourd'hui, peste! quel change-
[ment !
—C'est qu'il fait son chemin lorsque tu te dor-
[lotes.
—Moi je ne marche pas! tiens, regarde mes bottes.

LE VIN ET LA CHANSON

—

Air : *Amis, par ce plaisir.* (G. LECREUX.)

Sans cesse à l'unisson,
Qu'il pleuve, vente, ou tonne,
Que tout chacun entonne
Le vin et la chanson !

Par toi, nectar divin,
On perd la souvenance ;
Par toi, joyeux refrain,
Apparaît l'espérance.

Sans cesse à l'unisson,
Qu'il pleuve, vente, ou tonne,
Que tout chacun entonne
Le vin et la chanson !

Alors que notre esprit
Comme un vieux vin sommeille,
La chanson nous sourit
Au fond d'une bouteille.

Sans cesse à l'unisson,
Qu'il pleuve, vente, ou tonne,
Que tout chacun entonne
Le vin et la chanson !

Pour éviter l'écueil
Des grandeurs éphémères,
Ne mettons notre orgueil
Qu'à bien vider nos verres.

Sans cesse à l'unisson,
Qu'il pleuve, vente, ou tonne,
Que tout chacun entonne.
Le vin et la chanson !

Ange d'humanité,
La chanson, camarades,
Est sœur de charité
De tous cerveaux malades.

8.

Sans cesse à l'unisson,
Qu'il pleuve, vente, ou tonne,
Que tout chacun entonne
Le vin et la chanson.

Il nous faut respecter
Et la muse et Grégoire,
Car le vin fait chanter
Et la chanson fait boire,

Sans cesse à l'unisson,
Qu'il pleuve, vente, ou tonne,
Que toute chacun entonne
Le vin et la chanson.

Sachons de Béranger,
Chansonniers, peuple frère,
Pour plaire nous ranger
Sous sa noble bannière.

Sans cesse à l'unisson,
Qu'il pleuve, vente, ou tonne,
Que tout chacun entonne
Le vin et la chanson.

LE

BANQUET DES ZINGUEURS

1859

Air : *Je veux finir comme j'ai commencé.*

Mes chers amis, pour la troisième fois,
A ce banquet nous nous trouvons ensemble ;
Sainte amitié, que sous tes douces lois,
Le plaisir seul, en ce jour, nous rassemble ;
Et désormais des ouvriers zingueurs,
Fraternité, viens unir tous les cœurs. (*bis.*)

Accueillons, tous, ici, monsieur Morin,
Pour qu'aujourd'hui la gaîté soit parfaite,
Entourons-le pour lui serrer la main,
Car cette année il vient à notre fête.
Pour l'amitié des ouvriers zingueurs,
Fraternité, viens unir tous les cœurs.

L'aimable entrain des banquets précédents
N'exclua pas d'entre nous la décence,
Car nous savons, en hommes de bon sens,
Que la gaîté n'est pas de la licence ;
Pour le plaisir au banquet des zingueurs,
Fraternité, viens unir tous les cœurs.

De notre sein, pour de mauvais propos,
Pourquoi bannir les *tireurs de sonnettes ?*
Ils sont, je crois, bien moins méchants que sots.
Et pardonnons à leurs mauvaises têtes :
Sous le drapeau des ouvriers zingueurs,
Fraternité, viens unir tous les cœurs.

Venez à nous, disciples du travail;
Quittez, quittez, votre fausse routine,
Car nous ouvrons les portes du bercail
Au repentir qui vers nous s'achemine :
Pour le progrès des ouvriers zingueurs,
Fraternité, viens unir tous les cœurs.

Pour éviter les méchants quolibets,
Par le maintien prouvons ce que nous sommes.

La dignité préside à nos banquets,
Car l'union rehausse tous les hommes :
Pour l'avenir des ouvriers zingueurs,
Fraternité, viens unir tous les cœurs.

Puisqu'en ce jour par la Fraternité
Nous éprouvons une gaîté complète,
Avec transport célébrons la beauté
Qui fait ici l'ornement de la fête :
Pour embellir le banquet des zingueurs,
Fraternité, viens unir tous les cœurs.

A UN AMI

Ayant besoin d'argent, je te vois au plus vite,
Accourir aujourd'hui, chez moi, pour en cher-
                                        [cher;
Plus tard, pour le ravoir, il faudra nous fâcher.
Écoute, si tu veux, fâchons-nous tout de suite.

LE PRISONNIER

—

A MON AMI ALEXANDRE GUÉRIN

—

Pendant près d'une année, ô pauvre prisonnier!
Tu vas loin des amis, du soleil printanier,
Vivre triste et reclus dans ta sombre cellule,
Quand l'air pur des beaux jours dans nos veines
[circule;
Pourquoi faut-il, hélas! que l'amour, le bonheur,
Soient transformés sitôt en tourment, en douleur?
Pour comble de chagrins, ta digne et tendre mère
Mourut sans que ta main pût fermer sa paupière.
Son âme aimante et bonne, en remontant vers
[Dieu,
Dans une brise a dû t'envoyer son adieu.
Mais, pour te consoler en ta triste demeure,
Et courageusement te faire attendre l'heure
Qui doit sonner un jour pour ta félicité,

Et te rendre à la vie avec la liberté,
Dieu plaça près de toi la sainte poésie
Qui te verse à grands flots l'enivrante ambroisie,
Cette divinité qui fait aux malheureux
Croire qu'un jour meilleur va luire enfin pour
                                        [eux,
En posant sur leur plaie un bienfaisant dictame,
Qui ranime le cœur et retrempe leur âme,
Ami, tu nous traças dans un certain écrit,
Cette même pensée avec bien plus d'esprit.
« Frères, bénissons Dieu qui nous a faits poètes,
« Et qui réserve un port à toutes nos tempêtes.
« Chante, mon âme, chante, et que ton doux
                                        [concert
« De fantômes aimés peuple mon toit désert.
« Parle-moi de mes sœurs, parle-moi de ma
                                        [mère :
« Dis-moi tout son amour, ses veilles, sa prière ;
« Consolants souvenirs des jours qui ne sont
« Faites de mon réduit l'asile des élus. » [plus,
Ami, mets à profit tes conseils d'espérance.
Prends la plume, penseur, pour calmer ta souf-
                                        [france ;

Songe que les chagrins ne sont pas éternels,
Et qu'il est en nos cœurs des élans fraternels.
Va, pauvre prisonnier, espère et prends courage,
Le beau temps vient toujours succéder à l'orage :
Du vivifiant soleil les rayons lumineux
Te feront bientôt voir le présent radieux.

Avril 1860.

RÉPONSE DU PRISONNIER

Comme les doux échos d'une espérance en fête,
Vos vers me sont venus.—Et je les ai bénis.—
Oh ! vous avez raison..... le vent de la tempête
En déracinant l'arbre a ménagé les nids !

Plus le bonheur est grand, plus grande est la
[souffrance,
—Les bonheurs d'ici-bas doivent tous se payer...

Je souffre!... n ais la Foi, l'Amour, et l'Espérance
Ne font couler mes pleurs que pour les essuyer !

Ma mère comme un ange a déployé ses ailes,
En disant au Seigneur : « Prête-moi ton appui;
« Voilà mon pauvre enfant chargé d'âmes nou-
[velles;
« Terre, adieu !— C'est au ciel qu'il faut veiller
[sur lui. »

Là-haut, j'ai donc ma mère ! — Ici-bas j'ai deux
[anges,
Un rosier et sa fleur ! — Et cette trinité
Si pleine de mystère et d'éléments étranges!
Passe comme un soleil dans ma captivité !

Et puis la poésie est là, toujours fidèle,
Prévenante, effaçant jusqu'aux moindres ennuis,
Faisant le jour moins triste et l'heure moins
[cruelle,
Passant comme une aurore au milieu de mes
[nuits !

A mon front baptisé d'une éternelle averse
Dieu réserve le baume après tant de poison..

9

— Et n'ai-je pas aussi l'amitié qui me berce
En tapissant de fleurs les murs de ma prison.

La foudre n'a touché que la première écorce
De l'arbre de mes jours... Il n'est point abîmé !..
J'aime — et j'aime vraiment.—C'est là toute ma
                                              [force,
Comme aussi mon salut est d'être bien aimé !

Comme les doux échos d'une espérance en fête,
Vos vers me sont venus, et je les ai bénis, —
Oh ! vous avez raison ; Le vent de la tempête
En déracinant l'arbre a ménagé les nids.

ALEXANDRE GUÉRIN.

Mazas, 1860.

CHANSON DE NOCE

A MON AMI ALEXIS GANDON

Air : *Laissez les roses aux rosiers.*

Dans le ciel bleu du mariage,
Dieu met deux étoiles de plus,
Et l'amour ajoute une page
Au doux livre de ses élus ;
Ravissante métamorphose,
Le héros devient jardinier : (*bis.*)
Alexis, soigne bien la rose,
Que tu détaches du rosier (1). (*bis.*)

Toi qui sur le champ de bataille
Fus un soldat plein de valeur,
Lutte, chante, prie et travaille,
Pour glorifier ton bonheur ;

(1) Le père de la jeune fille s'appelait Rozier.

L'amour est une douce chose,
Préférable à plus d'un laurier :
Alexis, soigne bien la rose,
Que tu détaches du rosier.

Ta rose sous les traits d'Hortense,
Pour prix de tes attentions,
Te donnera pour récompense
Certain jour de doux rejetons ;
Oui, car l'amour dans cette cause,
Fera fleurir ton espalier ;
Alexis soigne bien la rose,
Que tu détaches du rosier.

Quand ta rose au charmant visage
Subira l'outrage des ans,
Tu retrouveras son image
Dans chaque trait de tes enfants ;
En attendant que le Temps ose,
Vider pour vous son sablier,
Alexis soigne bien la rose,
Que tu détaches du rosier.

12 juin 1860.

LA FÊTE

DE

JEAN BAUCHE

—

AIR : *Va-t'en voir s'ils viennent, Jean.*

Je t'adresse, l'ami Jean,
  Pour ton jour de fête,
Au lieu d'un bouquet charmant,
  Cette chansonnette ;
Bien que rebelle pourtant,
  Mon esprit chevauche,
Pour chanter notre ami Jean,
  Notre ami Jean Bauche ! (*bis.*)

Dans tous les yeux, en ce jour,
  Que le plaisir brille,

v.

Dans les verres tour à tour,
  Que le vin pétille ;
On peut bien, une fois l'an,
  Faire une débauche
Pour fêter notre ami Jean,
  Notre ami Jean Bauche !

Il a soixante-dix ans,
  L'humeur guillerette,
On dirait que vingt printemps
  Sont seuls sur sa tête ;
Et je crois près d'un tendron
  Que loin d'être gauche,
Il serait encor luron
  Notre ami Jean Bauche !

A ce convive joyeux,
  Que le ciel lui donne
Ici-bas, des jours nombreux
  Quoiqu'à son automne ;
Oui, mon Dieu, fais que le temps
  Qui sans pitié fauche,
Épargne encor bien longtemps
  Notre ami Jean Bauche !

Dans cette faible chanson,
  Fruit de ma musette,
Ne vois que l'intention
  Le cœur non la tête;
Je voulais t'offrir pour chant
  Bien plus qu'une ébauche,
Pour te fêter, l'ami Jean,
  Notre ami Jean Bauche!

24 juin 1860.

IMPROMPTU [1]

A LA MÉMOIRE DE BAPTISTE LAMOME

AUTEUR CHANSONNIER

Lamome, hélas! n'est plus; la mort vient de le
[prendre!
La goguette en ce jour perd un joyeux appui...
Donnons tous, mes amis, en souvenir de lui,
Des rires à ses chants, des larmes à sa cendre.

[1] 11 février 1855, jour de son enterrement.

LE CHIEN ET L'ÉCOLIER

FABLE.

Un écolier, faisant sans cesse la grimace
Pour prendre le matin la route de sa classe,
Vit un jour, en partant, le cœur gros de chagrin,
Un chien se prélassant au milieu du chemin,
Et lui dit : Tu n'as pas comme moi, bonne bête,
Besoin de te fourrer mille choses en tête.
Tu vis loin des pensums, loin d'un maître exi-
                           [geant,
Qui rêve un homme mûr dans un folâtre en-
                           [fant ;
Ah ! combien je t'envie ! Apprendre n'est pas
Je déteste l'école, et j'abhorre mon livre, [vivre.
Les chiens ne lisent pas, ah ! comme ils sont
                           [heureux !
— Ils ne lisent pas, non, mais la chaîne est
                           [pour eux ;
Crois-moi, mon cher petit, prends courage à
                           [l'étude,
Car l'ignorance, hélas ! mène à la servitude.

C'EST PLUS FORT

QUE D' JOUER AU BOUCHON

—

Air *de Calpigi.*

On a chanté sur plus d'un thème
Les amours aux cœurs de Barême,
On a chanté le jeu, le vin,
Le poltron et le spadassin,
L'homme d'esprit et le crétin ;
Enfin, tout fut chanté sur terre.
Pour ne pas être plagiaire,
Et trouver du neuf en chanson,
C'est plus fort que d' jouer au bouchon !

Un charlatan des plus habiles
Criait, parcourant maintes villes
Je suis l'inventeur d'un onguent
Qui guérit radicalement

Le mal futur, le mal présent;
Mon spécifique, je l'atteste,
Préserve même de la peste
Et rend ingambe un moribond :
C'est plus fort que d'jouer au bouchon !

Après queuq' temps do mariage,
Un couple tenait ce langage,
L'époux disait : J'vois bien maint'nant
Q' tu n' m'aim' plus aussi tendrement
Quo jadis au premier moment.
—Quand tous les jours tu m' bats comm'plâtre,
Tu veux que j' t'aim', que j' t'idolâtre
Et que j't'appell' mon p'tit bichon...
C'est plus fort que d' jouer au bouchon !

D'après c' que la Bible raconte,
Si tout'fois ce n'est pas un conte,
Un Hercul' qu'on nommait Samson,
Qui frait l' poil à l'homme au canon,
Ainsi qu'à Laroche et Masson,
Voulant occir queuq' mill' personnes,
D'un temple abattit les colonnes

Avec deux ou trois coups d' *tampon* :
— C'est plus fort que d' jouer au bouchon !

Un soir, un' vertu d' contrebande,
D'un air agaçant me demande
Si je veux, chez elle, à loisir,
Goûter un lubrique plaisir,
Sans crainte de m'en repentir.
J' lui réponds : Quoiq' ton offr' me flatte,
J' refus', car ma bourse est trop plate.
— Monte sans rétribution...
C'est plus fort que d' jouer au bouchon !

Riche ou pauvre, dans cette vie,
Une chose nous contrarie,
C'est qu'un jour il nous faut partir
Sans nul espoir de revenir
Un seul instant se divertir ;
Pourtant, plus d'un devance l'heure
Qui mène à la sombre demeure.
En possédant tout à foison :
C'est plus fort que d' jouer au bouchon !

A MON AMI THÉOPHILE VINET

RESTE GARÇON

AIR : *Ça va bon train.*

Tu viens m'annoncer qu' tu t'marie,
Michel, tu veux donc t'empêtrer ?
Tu n' sais donc pas c' que c'est qu'la vie
Qu'époux il te faudra mener?
Mieux vaudrait tout vif t'enterrer,
L' mariag', vois-tu, c'n'est rien qui vaille,
Ça rend heureux comme un poisson
Qui tir' sa coup' sur un tas d' paille.
      Reste garçon. (4 *fois.*)

Quand, par hasard, une escapade
Te fait déserter ton logis,
Pour faire un' petit' rigolade
Avec quelques joyeux amis,

Quand tu rentr' tu n'entends qu' des cris :
Ta moitié t'appell' monstre, infâme !
Et dit qu' pour faire un bon gueul'ton,
On doit toujours emmn'ner sa femme.
          Reste garçon.

Lorsque t'as fini ta semaine
Et que tu vas t' prom'ner un brin,
Pour oublier six jours de peine,
Il te faut porter ton bambin,
Qui n' fait qu' brailler tout l' long du ch'min.
Ta moitié dans ta redingote
Te fourr' des couches à foison,
Et v'là l' dimanch' comme on s' dorlote.
          Reste garçon !

Quand tu taup's comme une bêt' de somme,
Si ta femme ayant peu d' vertu,
S' laiss' courtiser par un autre homme,
Qui jett' sur ell' son dévolu,
Et finiss' par êtr' le bienv'nu,
Tu vois arriver d' cette affaire

Sur tes bras un nouveau poupon.
Bon gré, mal gré, faut qu' tu sois l' père
    Reste garçon !

Si tu connaissais les déboires,
Les soucis et les embarras,
Si j' te racontais les histoires
Dans l' ménag' qui naiss'nt à chaqu' pas,
Mon ami, tu n' me croirais pas,
Va ! pour éviter la misère,
Suis les conseils d'un vieux barbon :
Si tu veux être heureux sur terre,
    Reste garçon.

DISTIQUE

L'homme passe sa vie en désirs, en regrets,
Et le présent pour lui ne se compte jamais.

LE 4me BANQUET

DES OUVRIERS ZINGUEURS

1860

—

AIR *des Mineurs d'Utzel* (Ch. Gille.)

De nos banquets le quatrième
Nous rassemble encore aujourd'hui;
Pour nous c'est un nouveau baptême,
C'est un nouveau soleil qui luit!
Que notre joyeuse franchise
Prenne ce refrain pour devise :
Point de ronces parmi les fleurs
   Chez les zingueurs !   } *(bis.)*

En ce jour rendons tous hommage
A Noché, notre président;
Chez nous, c'est la vivante image
Du bon ordre et du dévoûment;

Comme lui pour plaire à la ronde
Que Blanc (1) l'imite et le seconde :
Point de ronces parmi les fleurs
    Chez les zingueurs!

Du travail fraternels apôtres,
Quand vous êtes aux *rendez-vous* (2),
Vous estimant les uns les autres,
Évitez les propos jaloux.
Puisqu'un même sort vous rassemble,
Que tous les cœurs battent ensemble :
Point de ronces parmi les fleurs
    Chez les zingueurs!

Évitez la moindre querelle,
Cherchez en tout le bon accord;
Surtout avec la clientèle
Soyez sans reproche et sans tort;
Évitez même où nous en sommes
Tous vos débats chez les Prud'hommes,

(1) Le vice-président.
(2) Endroits où les ouvriers se réunissent le matin
avant d'aller au travail.

Point de ronces parmi les fleurs
    Chez les zingueurs !

Dans le travail, de l'harmonie,
De l'union, de la gaîté,
Et notre œuvre sera bénie
Par la sainte fraternité !
Prenons pour base et pour mobile
Les préceptes de l'Évangile :
Point de ronces parmi les fleurs
    Chez les zingueurs !

Pour fêter nos anniversaires,
Et qu'enfin prospèrent nos vœux,
Un toast aux anges tutélaires
Qui font notre banquet joyeux.
Buvons en l'honneur de nos dames,
Ces divins rayons de nos âmes :
Point de ronces parmi les fleurs
    Chez les zingueurs !

10.

CIMETIÈRE DES POÈTES

ÉPITAPHES ANTICIPÉES

ALBERT

—

Au pied de cette croix un comédien poète,
Laisse enfoui pour jamais et son corps et sa tête ;
Butinant en tous lieux, ce galant sans égal
Effeuilla maintes fleurs au bouquet conjugal ;
Rival par le talent d'Adolphe Laferrière,
Tous deux étaient pourtant d'une école contraire.

LECLERC

—

L 'homme sous cette croix étendu tout du long
E tait jadis sur terre un chansonnier fécond;
C hassant par ses refrains le vice qui pullule,
L ouangeant la vertu, frondant le ridicule,
E t grâce à son esprit vif, ardent et loyal,
R êvant du prolétaire un destin moins fatal,
C hemina pour aller mourir à l'hôpital.

PONSARD

—

P assants, dans ce tombeau, gît un fameux poète,
O rgueilleux des *bons* vers qu'il faisait pour autrui,
N 'aimant que les chefs-d'œuvre enfantés par sa tête.
S i les vers dont il est la pâture aujourd'hui,
A vec même rigueur s'acharnent contre lui,
R ien ne peut ici-bas égaler sa torture,
D ieu puissant! prends pitié de cette créature.

PIAUD

—

assants, un vrai poète est là, sous cette pierre,
l quitta la chanson pour le champ du repos.
h ! Dieu, s'écria-t-ill à son heure dernière,
ne inspiration digne de ma carrière :
is-moi dans quelles mains remettre les *Échos?*

CHAPLAIN Fils

—

i-gît en cet endroit un penseur ouvrier,
onorant et la blouse et l'humble tablier,
vec ardeur suivant, malgré le temps contraire,
our saper les abus, l'exemple de son père ;
'ouvrier chansonnier consacrait ses instants,
consoler le pauvre, à conseiller les grands,
nébranlable ami, toujours prêt à bien faire,
ous qu'il a tant aimés, prions Dieu sur sa pierre.

GENOUX

Ci-gît en ce cercueil un homme de mérite,
C'est dire qu'il ne fut jamais un sybarite :
En civisme, en talent, il nous surpassa tous.
Prions Dieu, mes amis, sur sa tombe à *Genoux*.

DUCHENNE

Du chantre de *Pignouf* le dernier jour a lui,
La mort impitoyable en cet endroit l'enchaîne,
Et pour tous les refrains qu'il a faits pour autrui,
Dans quel cercueil est-il? dans du sapin? *du chêne?*

POTHIER

—

D'un de nos chansonniers, l'orgueil du *Tintamarre*,
La Parque inexorable, inflexible et barbare,
Vient de trancher les jours pour grossir son butin.
Passants, inclinez-vous, c'est un Pothier d'éteint.

———

SACLÉ

—

Le vieux Caveau n'est plus ! la chanson se repose
Comme le vin qui dort dans un tonneau cerclé ;
N'était-ce pas assez de perdre cette chose,
Fallait-il donc, mon Dieu, nous prendre encor *Saclé !*

FIN DES CHANSONS ET POÉSIES.

UNE

DÉCLARATION SINGULIÈRE

VAUDEVILLE EN UN ACTE

PAR

JOSEPH LAVERGNE

PERSONNAGES

—

BALLOTIN, comique,

ALPHONSE, amoureux comique.

JULIETTE, Déjazet.

—

La scène se passe à Paris.

—

Le théâtre représente une mansarde.

SCÈNE PREMIÈRE.

JULIETTE *seule, elle travaille.*

Ah! mon Dieu, que c'est donc ennuyeux d'être fille! tout le monde veut se marier avec vous, et vous ne savez plus lequel choisir :

AIR *de Renaudin de Caen.*

Il paraît qu'au tambour-major,
Ma figure a le don de plaire;
Par d'autres attraits je suis chère
A mon voisin l' peintre en décor.
Le fruitier vient dans une lettre
De m'dépeindre ses sentiments;
Et le médecin, par la f'nêtre,
M'a déclaré tous ses tourments.
Je sais aussi que j' donn' dans l'œil
Du vieux cabinet de lecture;
Et l' diseur de bonne aventure
De ma porte veut franchir le seuil;
Le commis qui loge au cinquième
Me glisse chaq' soir un poulet,
Et le menuisier fait de même.
Puis vient l' cocher d' cabriolet,

11

Le marchand d' vins m' propos' son nom ;
Le boulanger m' veut pour épouse,
Il n'en manq' plus qu'un pour fair' douze,
Ensuit' j'aurai l'demi-quart'ron.

SCÈNE II.

JULIETTE, ALPHONSE.

ALPHONSE.

Bonjour, ma petite Juliette.

JULIETTE.

Bonjour, monsieur Alphonse. Déjà levé ?

ALPHONSE.

Oui, mademoiselle Juliette, afin de causer un
peu avec vous avant l'heure de mon bureau.

JULIETTE.

Causer, à quoi bon ?

ALPHONSE.

Méchante, mais vous le savez bien :

Air : *On dit que je suis sans malice.*

C'est pour vous peindre ma tendresse,
C'est pour vous dire quelle ivresse,
Mon cœur ressent à votre aspect,
C'est pour témoigner mon respect.

JULIETTE.

Tous les jours c'est la même gamme,
Le thermomètr' de votre flamme
M'est connu ; je n' crois pas, mon cher,
Qu'il soit changé depuis hier,
C'est toujours la mêm' chos' qu'hier.

ALPHONSE.

Et comme hier, vous ne voulez pas me laisser finir, alors, mademoiselle. Permettez-moi de vous remettre ce billet.

JULIETTE (*prenant le billet*).

Merci, mais je sais ce que vous avez écrit : vous voulez que je fasse un choix ?

ALPHONSE.

Oui, Juliette, l'incertitude finit par détériorer un amant sensible ; je veux définitivement sa-

voir si vous m'épouserez ou si vous m'en pré-
férez un autre?

JULIETTE.

Je vous ai déjà dit que le temps n'était pas
encore venu, vous avez des rivaux, et ils ont
tous leur petit mérite

Air *du Premier Prix.*

L'un m'a proposé la fortune,
L'autre m'annonce du talent;
Je dois méditer sur chacune
Des qualités mis's en avant.
La fortune est un' bien bell' chose,
Le talent est à l'ordr' du jour,

ALPHONSE.

Pour qu'on m' propose,
Faut qu'on dispose,
Moi je n' vous offre que d' l'amour,
En fait d'fortun', j' n'ai que d' l'amour,
En fait d'talent, j' n'ai seul'ment que d' l'amour.

JULIETTE.

Ce n'est pas à dédaigner non plus, aussi je
ne vous ôte pas l'espérance,

ALPHONSE.

Mais, enfin, qu'est-ce que cela vous fait de choisir aujourd'hui, ou demain?

JULIETTE.

C'est que je n'ai pas encore assez de déclarations.

ALPHONSE.

Oh! la coquette!

JULIETTE.

Non, Alphonse, non, ce n'est pas par coquetterie, c'est parce que j'ai un mauvais compte, vous avez dix rivaux.

ALPHONSE.

Rien que ça!

JULIETTE.

Et vous, ça fait onze.

ALPHONSE.

Rayez les autres, ça fait que je resterai tout seul.

11.

JULIETTE.

Nous verrons ça quand j'en serai au nombre treize.

ALPHONSE.

Qu'elle exigence!.... Treize demandes en mariage!

JULIETTE.

Et je vous jure, foi de Juliette, que je choisirai tout de suite après.

ALPHONSE.

Au moins, dites-moi si je serai exclu; autant que je le sache tout de suite?

JULIETTE.

Je n'ai rien à vous répondre là-dessus.

ALPHONSE.

Alors, donnez-moi à entendre que je serai le préféré.

JULIETTE.

Co serait choisir, et je ne veux pas.

ALPHONSE.

Tâchez, alors, de vous compléter bien vite; cependant, permettez-moi de vous dire que, pour une jeune fille qui n'aime pas les mauvais comptes, adopter le nombre treize....

JULIETTE.

Votre réflexion est juste, et j'ai bien envie d'aller jusqu'à quatorze.

ALPHONSE (*vivement*).

Mais non, mais non, mais non !

JULIETTE.

Eh bien! je vous ferai une concession, le treizième prétendant sera par-dessus le marché, je m'en passerai, mais je veux avoir ma douzaine tout entière.

ALPHONSE.

Mais vous ne sortez plus, si l'on ne vous voit

pas, on ne pensera pas à vous demander en mariage.

JULIETTE.

Comment, je ne sors pas ! je fais moi-même toutes mes commissions dans le quartier.

ALPHONSE.

Belle avance ! tout le quartier vous a déjà retenue.

JULIETTE.

A propos de commissions, j'ai oublié d'acheter du sucre pour mon café, et comme j'attends ma blanchisseuse, voulez-vous garder ma chambre pendant mon absence ?

ALPHONSE.

Avec plaisir.

JULIETTE.

Allons, vous êtes bien aimable.

AIR : *De quoi! de quoi !* (de *la Tirelire.*)

Je vais chercher mon déjeuner,
Montrez toujours d' la complaisance,
Ça me plaira, ma r'connaissance,
Sur vous pourra se déchaîner.

REPRISE ENSEMBLE.

ALPHONSE.

Allez chercher vot' déjeuner,
J'veux êtr' rempli de complaisance ;
J'attends un peu d' reconnaissance,
Y' n' faudra pas m'abandonner.

(*Juliette sort.*)

ALPHONSE (*seul*).

Comme c'est rassurant douze mariages en perspective ! C'est qu'elle serait capable de nous prendre tous : heureusement que le Code civil s'y oppose, et moi aussi. C'est comme un fait exprès, depuis huit jours que le boulanger s'est déclaré, il ne s'est présenté pers₀₀e, c'est lui qui a fait la onzième déclaration, mais c'est le tout d'attraper la douzième. Si je pouvais en déterrer une!... Quelle position! en être réduit à se créer des rivaux soi-même! Et puis c'est très-scabreux, car, comme dit le proverbe : Au dernier les bons.

SCÈNE III.

ALPHONSE, BALLOTIN.

BALLOTIN (*entrant*).

Voyons un peu si je serai plus heureux dans cette maison.

ALPHONSE.

Heim ! qui vient ici?

BALLOTIN.

Ne vous épouvantez pas, jeune homme, je ne suis ni un Cartouche ni un Lacenaire, je paye patente, et, de plus, je suis caporal dans la garde nationale, c'est vous dire que je suis inoffensif.

ALPHONSE.

Je me plais à le croire, mais que demandez-vous?

BALLOTIN.

Je ne la vois pas. Il est inutile de vous fatiguer par des questions incohérentes, je vous demande pardon, et je vais voir au quatrième étage.

ALPHONSE.

Mais, monsieur, on n'entre pas chez le monde pour s'en aller ainsi sans dire ce qu'on veut!

BALLOTIN.

Mais, je vous dis que c'est inutile, je vois bien qu'elle n'est pas ici, et je perds un temps précieux, au lieu d'aller à sa recherche.

ALPHONSE (à part).

Est-ce que cet original-là viendrait, par hasard, pour.... j'aime autant celui-là qu'un autre, (Le rappelant.) Monsieur! monsieur! je

pourrais peut-être vous donner des renseigne-
ments utiles.

BALLOTIN.

Vraiment, monsieur? est-ce que vous l'auriez
vue?

ALPHONSE.

C'est fort possible. Qu'est-ce que vous cherchez dans cette maison?

BALLOTIN.

Je suis à la recherche d'une créature au
cœur ingrat, mais belle comme un amour.

ALPHONSE.

Vous partiez sans rien dire, et c'est justement
ici qu'est votre affaire.

BALLOTIN.

En vérité? Ah! monsieur, que de remercîments! Car si vous saviez que de tourments
elle m'a causés! depuis deux jours, je la cherche
de maison en maison.

ALPHONSE.

Consolez-vous, c'est bien ici qu'elle habite.

BALLOTIN.

Est-ce qu'elle est chez-vous?

ALPHONSE.

Non, monsieur, elle est libre, mais il est temps qu'elle ne le soit plus.

BALLOTIN.

Je suis de votre avis. Enfin, je vois que vous la connaissez. Eh bien ! voyons, n'est-ce pas qu'elle est gentille ?

ALPHONSE.

J'y suis attaché autant que vous pouvez l'être.

BALLOTIN.

Je le conçois facilement, monsieur, elle est si vive, si folâtre ! c'est bien dommage qu'elle soit si hargneuse.

ALPHONSE.

Ah ! monsieur, quel nom donnez-vous à ses caprices !

12

BALLOTIN.

Eh bien! soit, disons qu'elle est capricieuse. Dites-moi, comment trouvez-vous ses oreilles?

ALPHONSE.

Ah! ses oreilles sont moulées.

BALLOTIN.

Et comme elles lui tombent gracieusement sur les épaules?

ALPHONSE (à part).

Ah ça, quel vilain portrait nous fait-il là?

BALLOTIN.

Et son nez, qu'en dites-vous, heim?

ALPHONSE.

Ah! son nez est d'un contour ravissant, une narine finement dessinée.

BALLOTIN.

Et le bout bien aplati. Ah! voilà comme je les aime.

ALPHONSE.

Ah ça, il a donc vu Juliette sous un point de vue monstrueux?

BALLOTIN.

Et quand elle vous regarde avec ses yeux qui sont tout verts!...

ALPHONSE (à part).

Parbleu! elle ne nous regardera pas avec les yeux fermés.

BALLOTIN.

Et quelle voix?

ALPHONSE.

Le fait est qu'elle a une voix bien sympathique.

BALLOTIN.

Un timbre à vous faire frémir le système nerveux.

ALPHONSE (à part).

Quest-ce qu'il dit donc?

BALLOTIN.

Enfin, monsieur, quand je l'entends, ça me fait frissonner depuis la plante des pieds jusqu'à la racine des cheveux ; sa voix est si perçante, qu'on l'entend d'un bout de la rue à l'autre.

ALPHONSE (*à part*).

On dit que le prisme de l'amour embellit tout, il paraît que chez ce monsieur c'est un effet contraire.

BALLOTIN.

Enfin laissons là les perfections de cette petite créature.

ALPHONSE (*à part*).

Quelle familiarité !

BALLOTIN.

L'essentiel est que je vais mettre la main dessus.

ALPHONSE.

Oui, vous allez la voir, et c'est à moi que vous devrez....

BALLOTIN.

Ah! monsieur, je sais qu'elle a dû vous coû-
ter quelque chose; mais, ne craignez rien, je
ne serai pas ingrat.

ALPHONSE.

Certainement que, si je la vois passer en
d'autres mains, cela me coûtera. Enfin, je ne
prétends pas la retenir de force.

BALLOTIN.

Mais où est-elle donc?

ALPHONSE.

Dans la rue.

BALLOTIN.

Ah! oui, je comprends, elle est sortie pour
aller faire.... un tour dans le quartier.

ALPHONSE.

Mais, je comprends votre impatience, et je
vais la chercher.

BALLOTIN.

Ah! monsieur, que de reconnaissance!...

AIR *des Comédiens.*

Allez, monsieur, ramenez-la de suite,
Vous comblerez des vœux bien naturels,
A vous presser déjà je vous invite.
Qu'elle revienne à mes nombreux appels.

ENSEMBLE.

ALPHONSE.

Je vais, monsieur, la ramener de suite,
Et vais combler des vœux bien naturels ;
Oui, je me presse et je reviens bien vite
La ramener à vos nombreux appels.

(*Il sort.*)

SCÈNE IV.

BALLOTIN (*seul*).

J'ai tout de même joliment bien fait d'entrer
dans cette maison, je me doutais que ma petite

coureuse était dans quelque maison du voisinage. Enfin, je vais donc la réintégrer dans
mon logis.

Air : *Connaissez-vous dans Barcelone.*

Viens, ô mon idole chérie!
Pour qui j'ai perdu le sommeil;
Tu manquais, hélas! à ma vie.
Reviens, reviens, ma douce amie;
Viens, je t'en donne le conseil,
Viens, ô toi bijou sans pareil!

Hélas! depuis ta longue absence,
J'ai perdu tout mon appétit,
Et c'est avec persévérance
Que je réclame ta présence.
Mais c'est en vain que tu me fuis,
De mon côté, je te poursuis.

Viens, ô mon idole chérie!
Pour qui j'ai perdu le sommeil;
Tu manquais, hélas! à ma vie.
Reviens, reviens, ma douce amie;
Viens, je t'en donne le conseil,
Viens, ô toi bijou sans pareil!

SCÈNE V.

BALLOTIN, ALPHONSE.

ALPHONSE.

Ma foi, mon cher monsieur, vous serez encore obligé d'attendre; j'ai eu beau regarder de tous les côtés, je ne sais pas où, diable, elle est passée.

BALLOTIN.

Est-ce que vous auriez été assez imprudent pour la laisser sortir seule?

ALPHONSE.

Mais elle est assez grande pour se conduire, il me semble.

BALLOTIN.

Mais non, monsieur, mais non, c'est fort mal raisonné; qui sait si, maintenant, on ne vient pas encore de nous l'enlever?...

ALPHONSE.

Monsieur!....

BALLOTIN.

Ça ne serait pas la première fois.

ALPHONSE.

Vous n'oseriez pas le répéter?

BALLOTIN.

Avec ça que je me gênerais! Comme si je ne connaissais pas toutes ses escapades!

ALPHONSE.

Ah ça, mais, monsieur!

BALLOTIN.

Demandez plutôt à tout le voisinage, il vous en donnera des nouvelles sur son compte. Tenez, monsieur, l'année dernière, ne s'est-elle pas avisée de suivre un capitaine de dragons! et le mois dernier, tenez, pas plus tard, elle est restée deux jours et deux nuits chez un Savoyard. Mais moi, monsieur, je lui pardonne toutes ses fredaines pourvu qu'elle me conserve son amitié.

ALPHONSE (*à part*).

Comment, Juliette se serait attiré une mauvaise réputation dans son arrondissement?

BALLOTIN.

Et maintenant, vous voyez qu'elle se moque de vous comme de moi, et qu'elle s'est remise de nouveau à courir la prétentaine.

ALPHONSE (*à lui-même*).

Mais voilà qui me met martel en tête!

BALLOTIN.

Mais vous voyez bien qu'elle est perdue! oui, monsieur, oui! elle est perdue!

ALPHONSE (*à part*).

La traiter de femme perdue! Mais c'est qu'il a l'air sûr de son fait.

BALLOTIN.

Où trouver ses traces à présent? Mais courez donc, monsieur, retrouvons-la d'abord, et nous nous la disputerons ensuite!

ALPHONSE.

Oh! certainement!...

BALLOTIN.

Ou plutôt non, j'y vais moi-même, et en même temps je monterai chez le commissaire.

ALPHONSE.

Chez le commissaire?

BALLOTIN.

Oui ! pour faire ma déclaration !

ALPHONSE (*à part*).

Il veut dire chez le commissionnaire. (*Haut.*) Certainement, il faut faire votre déclaration ! je vous engage même à la faire par écrit.

BALLOTIN.

Oui, certes! je la ferai par écrit.

ALPHONSE.

Et je la remettrai moi-même.

BALLOTIN.

Oh ! je n'ai pas besoin de vous pour ça ; seulement, rappelez-vous qu'à présent je sais où vous restez, et que si je ne la retrouve pas, je vous en rendrai responsable.

ALPHONSE.

. Allez vivement faire votre déclaration, et nous nous expliquerons ensuite.

BALLOTIN

Air : *Au revoir, mesdemoiselles.*

Il faudra que je la trouve.
Chacun saura le motif
De la colèr' que j'éprouve.
J'en sortirai mort ou vif.

REPRISE.

ALPHONSE.

Allez, donc, je vous approuve,
C'est un excellent motif.
De la colèr' qu'il éprouve,
Il sortira mort on vif.

(*Ballotin sort.*)

SCÈNE VI.

ALPHONSE (*seul*).

Que je suis bête de n'avoir pas vu de suite
à qui j'avais affaire ! C'est tout bonnement un
homme qui est devenu fou par amour , l'essentiel est de fournir une déclaration.... Elle aura
beau venir d'un insensé, elle doit compter. Ma
foi, je ne suis pas fâché de la rencontre, elle
me rend service, et, en même temps, elle me
fait faire une once de bon sang.

SCÈNE VII.

ALPHONSE, JULIETTE.

JULIETTE.

Me voilà ! j'ai été un peu longtemps, mais
c'est la faute du boulanger, qui m'avait rattrapée
pour me dire la même chanson ; mais, comme
à vous, j'ai répondu : Quand j'aurai mes douze
déclarations.

13

ALPHONSE.

C'est fait.

JULIETTE.

Quoi donc?

ALPHONSE.

Eh! bien, la douzième.

JULIETTE.

Vrai?

ALPHONSE.

Et de plus, je ne la crois pas dangereuse. Enfin, ce qu'il y a de certain, c'est que vous avez tourné la tête à un individu, qui m'a prié de vous parler pour lui.

JULIETTE.

Oh! tourné la tête... toujours de l'exagération.

ALPHONSE.

Oui, tourné la tête : il ne parle que de vos

longues oreilles, de votre nez aplati, de votre voix criarde.

JULIETTE.

Quelle folie!

ALPHONSE.

C'est justement ce que je vous dis, quelle folie! et c'est vous qui en êtes cause; je voulais d'abord assommer ce pauvre homme; mais à présent il m'inspire de la pitié.

JULIETTE.

Je suis bien bonne de vous écouter; vous voulez vous venger en riant à mes dépens.

ALPHONSE.

Je vous assure qu'il est allé faire sa déclaration, et vous pouvez vous attendre à recevoir un poulet sentimental et timbré.

JULIETTE.

Vous piquez ma curiosité. Comment, je tiendrais ma douzième?

ALPHONSE.

Vous la tenez! Ainsi, vous voilà au pied du mur.

AIR : *Comme il m'aimait.*

Vous la tenez. (*Bis.*)
Le style en s'ra sans doute très-drôle.
Vous la tenez. (*Bis.*)
Dussions-nous être condamnés,
Nous allons finir
Notre rôle;
Il faut choisir,
Car vot' parole,
Il faut la t'nir. (*4 fois.*)

JULIETTE.

Aussi, je ne me rétracte pas; mais, avant de tenir ma parole, laissez-moi tenir ma déclaration.

ALPHONSE.

Tenez, la voilà dans les doigts du bienheureux douzième.

SCÈNE VIII.

BALLOTIN, ALPHONSE, JULIETTE.

BALLOTIN.

Je n'ai pas voulu perdre une minute.

JULIETTE.

Quel est ce monsieur?

ALPHONSE.

C'est le nouveau prétendant à votre main.

JULIETTE.

Il a une tournure assez risible.

ALPHONSE.

Soit; riez de sa tournure; autrement, je ne rirais pas.

JULIETTE.

Je suis curieuse d'entendre comme il s'exprime?

13.

BALLOTIN.

Mademoiselle, recevez mes salutations. (*A Alphonse.*) Est-ce que mademoiselle est votre femme?

ALPHONSE (*bas à Juliette*).

Quand je vous disais que son cerveau était détraqué. (*Haut.*) Non, monsieur, elle ne l'est pas encore, mais cela peut venir. C'est égal, parlez-lui tout de même.

BALLOTIN.

Moi? mais je n'ai rien à dire à mademoiselle.

ALPHONSE.

Eh bien , et cet empressement de tout à l'heure?...

BALLOTIN (*avec feu*).

Est toujours le même! Mais je donnerais tout pour l'avoir en ma présence, pour la combler de caresses, la gronder, la flatter!

JULIETTE (*à Alphonse*).

Vous avez raison, c'est tout bonnement un maniaque.

ALPHONSE (*à Ballotin*).

Mais pourquoi vous obstiner à la chercher, puisqu'elle vous crève les yeux?

BALLOTIN.

Comment, on veut me crever les yeux?

JULIETTE.

Mais non, on ne vous veut aucun mal, et je ne demande pas mieux que de vous venir en aide pour calmer le désespoir où vous êtes.

BALLOTIN.

Ah! oui, mademoiselle, mon désespoir est bien grand!

JULIETTE.

Puissé-je être assez heureuse pour l'adoucir!

BALLOTIN.

Un mot de vous suffirait.

JULIETTE.

Parlez, je m'intéresse aux malheureux !

BALLOTIN.

Si elle m'échappe, j'en deviendrai fou !

JULIETTE.

Je le vois bien, c'est même déjà un peu commencé.

BALLOTIN.

Je reçois vos consolations avec bonheur.

ALPHONSE (*à part*).

Comme elle lui parle ! ah ! c'est par humanité.

JULIETTE.

Celle que vous aimez vous est donc bien chère ?

BALLOTIN.

Vous savez, pas trop chère, mais ça n'em-
che pas de s'attacher.

ALPHONSE (*à part*).

Au moins, on n'accusera pas celui-là de cher-
er à séduire par de belles paroles.

JULIETTE (*à Ballotin*).

Que faut-il pour ramener la paix dans votre
cœur?

BALLOTIN.

Ah! sa voix seule me servirait de baume.

JULIETTE.

Eh ! bien, entendez-la.

BALLOTIN.

Se pourrait-il? mais non, je n'entends rien.
Ah! c'est fini, je ne la verrai plus.

JULIETTE.

Pauvre infortuné..... Mais elle est là, près de vous.

BALLOTIN.

Où donc? où donc?

JULIETTE.

Mais, là, devant vous !

BALLOTIN.

Est-ce qu'elle serait enfermée dans une armoire ?

JULIETTE (*à part*).

Vraiment, il me fait de la peine.

AIR : *Ces Postillons.*

Votre malheur me touche au fond de l'âme ;
Écoutez-nous et prenez de l'espoir.

BALLOTIN.

Rendez-la-moi, partout je la réclame,
Tel est mon cri du matin jusqu'au soir.
Tout mon bonheur serait de la revoir.

ALPHONSE.

Je n'avais pas remarqué son délire.

BALLOTIN.

Sans elle, hélas ! faut-il m'en retourner?

JULIETTE.

Vous l'obtiendrez, mais avant tout, beau sire,
Faites-vous trépaner. (*Bis.*)

BALLOTIN,

Comment, que je me fasse trépaner?

ALPHONSE.

Sans doute : vous avez dans le cerveau un
épanchement qui doit vous gêner considérable-
ment. Mais vous prenez donc bien à cœur la
possession d'une femme?

BALLOTIN.

Non, d'un chien!

JULIETTE.

Votre cœur doit être bon, puisqu'il est sensible, et cela prouve quel prix vous attachez à la perte d'une femme.

BALLOTIN.

Mais, je vous dis non, d'un chien!

ALPHONSE.

Ah ça, vous jurez comme un païen, vous! on ne dit pas comme ça : Nom d'un chien! devant le beau sexe.

BALLOTIN.

Vous avez raison, car c'est d'une chienne qu'il s'agit.

JULIETTE.

Il n'y en a pas de ce degré-là à Charenton. Tout cela n'a ni queue ni tête. Mais que tenez vous donc là?

BALLOTIN.

Ah! mademoiselle, c'est mon dernier espoir, c'est ma déclaration.

JULIETTE (*à Alphonse*).

Lisons-la toujours, ça nous amusera. (*Haut.*) donnez-la-moi, je vous prie.

BALLOTIN.

Là voilà, mademoiselle, vous y verrez le portrait de l'ingrate.

JULIETTE (*lisant*).

Que vois-je! pattes jaunes, poil blanc, museau pointu et queue en trompette! Ah! ah! ah! ah!

BALLOTIN.

C'est exactement le portrait de ma Zémire.

JULIETTE.

Zémire, mais c'est le nom de la petite chienne

14

que le boulanger a trouvée l'autre jour, rue aux
Ours.

BALLOTIN.

Rue aux Ours! c'est ma rue, et la trouvaille,
c'est ma chienne! Oh! heureux Ballotin!

JULIETTE.

C'est donc après votre chienne que vous en
avez?

BALLOTIN.

Après qui donc pourrais-je en avoir ?... Mais
puisqu'elle est retrouvée, rendez-moi ma déclaration, il est inutile de la porter au commissaire.

JULIETTE (à *Alphonse*).

Comment, monsieur, voilà cette fameuse déclaration!

ALPHONSE.

Ma foi, monsieur ne s'expliquait pas. Mais
ça ne fait rien, déclaration d'amour ou de commissaire, ça doit compter pour la douzième.

JULIETTE.

Ah! je ne sais pas trop... Mais enfin, pour vous faire plaisir, je vais choisir. Sachez donc que celui que je préfère et qui doit avoir ma main...

BALLOTIN (*revenant sur ses pas*).

C'est le boulanger, n'est-ce pas?

ALPHONSE.

Voulez-vous bien vous taire, vous, et ne pas influencer ?

BALLOTIN.

Je ne dis pas mal, je dis : C'est le boulanger, n'est-ce pas, qui a ma chienne?

ALPHONSE.

Mais oui, mais oui, c'est le boulanger qui a votre chienne; allez la chercher, et laissez-nous tranquilles.

JULIETTE.

Attendez, monsieur, nous vous y conduirons, moi et mon mari.

BALLOTIN.

Votre mari? mais, où est-il donc ?

JULIETTE (*montrant Alphonse*).

Le voilà.

ALPHONSE.

Ah! quel bonheur! c'est à moi d'en devenir fou !

JULIETTE.

Mais vous voyez bien, que monsieur ne l'a jamais été. Et maintenant que tout s'est expliqué...

ALPHONSE.

Je disais ça à cause de son air, qui est un peu.... candide.

BALLOTIN.

Je ne sais pas pourquoi on m'a toujours
trouvé cet air-là? Mais tout ça m'est indifférent, pourvu qu'on me rende ma chienne.

CHOEUR FINAL.

Entre nous trois, Dieu merci,
Il n'existe plus de haine;
L'un a retrouvé sa chienne,
L'autre a trouvé son mari.

BALLOTIN, *au public.*

AIR des *Frères de lait.*

Cet animal, que je tenais en laisse,
De mon logis a souvent disparu;
J' vais, en tout cas, vous donner mon adresse.
Comme il pourrait encor se voir perdu,
Mon domicile a besoin d'êtr' connu.
On m' trouv' chez moi, tous les jours, à toute heure,
Treiz', rue aux Ours, près du potier d'étain.
Et maintenant qu' vous connaissez ma d'meure,
J'désir', messieurs, qu' vous en preniez l' chemin.

FIN DE LA MUSE PLÉBÉIENNE.

14.

ŒUVRES DIVERSES

—

A MES AMIS

—

Des poètes amis, n'aimant pas à moitié,
M'ont envoyé des vers dictés par l'amitié;
A mon tour je les ai, pour douce souvenance,
Placés auprès des miens avec reconnaissance.

JOSEPH LAVERGNE.

LE PARLOIR

—

A MON AMI JOSEPH LAVERGNE

—

Dans la prison muette
Il est un coin béni
Où l'amitié vous guette,
Où le cœur fait son nid.
— C'est un éclair qui brille
En un sombre couloir...—
C'est le rêve... à la grille :
  — C'est le parloir !

C'est une page ouverte
 Dans un livre fermé ;
C'est une branche verte
Dans un arbre abîmé,
C'est le soleil qui tombe
Sur les plis d'un drap noir...
C'est l'écho dans la tombe :
  —C'est le parloir !

C'est un chant d'alouette
Au seuil de la douleur;
C'est un bouquet de fête
Sous le toit du malheur....
— Et c'est la souvenance
Au doux et frais miroir
Où passe l'espérance!
   — C'est le parloir.

ENVOI.

Quand vous déployez l'aile
Pour voltiger vers moi,
Mon âme fraternelle
Ressent un doux émoi.
—Que d'horizons j'effleure
Quand vous venez me voir! —
Et combien j'aime l'heure
   De mon parloir.

ALEXANDRE GUÉRIN.

Mazas, 1860.

VIVE LA VIE

—

A JOSEPH LAVERGNE

—

Vos chants me rappellent cet âge,
Age si riche de beaux jours,
Où notre cœur, jeune et volage,
Papillonne avec les amours.
Comme alors on chante à sa Mie
Au doux sourire, aux frais appas :
« Eh! lon lan la, vive la vie! »
Ce gai refrain ne vieillit pas.

C'est aux beaux jours de la jeunesse,
Jours où l'on croit au lendemain,
Que les baisers d'une maîtresse
Sèment de fleurs notre chemin.

Crédule, on aime et l'on oublie....
Tout semble nous dire ici-bas :
« Et! lon lan la, vive la vie ! »
Ce gai refrain ne vieillit pas.

Tant que l'on croit à l'espérance,
Comme un rien fait battre le cœur !
Comme on sourit à l'inconstance,
Comme on abuse du bonheur !
Douce amitié, comme on s'écrie
Quand tu nous presse entre tes bras :
« Et! lon lan la, vive la vie ! »
Ce gai refrain ne vieillit pas.

Si la sagesse, en vieux langage,
Vient nous vanter sournoisement
Les doux charmes du mariage,
On répond : Encore un moment...
Bonne vieille, quand la Folie
Chante et sautille sur nos pas :
« Eh! lon lan la, vive la vie ! »
Ce gai refrain ne vieillit pas.

Mais, à quarante ans, que de choses
Tombent sous les ailes du Temps!

Baisers d'amour, comme les roses,
Pour nous, hélas ! n'ont qu'un printemps !
Mais, grâce à la philosophie,
On peut encor chanter tout bas...
« Eh ! lon lan la, vive la vie ! »
Ce gai refrain ne vieillit pas.

Lavergne... chante du jeune âge
Les fleurs, les rêves, les loisirs.
Heureux qui sait, folâtre et sage,
Boire à la coupe des plaisirs !
Rions, le rire nous convie
Même à chanter jusqu'au trépas...
« Eh ! lon lan la, vive la vie ! »
Ce gai refrain ne vieillit pas.

                              J. L. GONZALLE.

Reims, avril 1860.

LA LISETTE

A JOSEPH LAVERGNE

Air : *Ma Tante Urlurette.*

Puisqu'on m'invite à chanter,
Pour ne pas vous attrister,
Je chante dans ma bluette
    La Lisette,
    La Lisette,
  Aimable fillette.

Qui par ses joyeux refrains,
En allégeant mes chagrins,
Me pousse à la chansonnette?
    La Lisette,
    La Lisette,
  Aimable fillette.

Qui toujours sut protéger
Notre immortel Béranger
En inspirant sa musette?
  La Lisette,
  La Lisette,
  Aimable fillette.

Du pauvre et gai chansonnier,
Logé souvent au grenier,
Qui fait trembler la couchette?
  La Lisette,
  La Lisette,
  Aimable fillette.

Lui faut-il, cœur généreux,
Soulager le malheureux?
On la trouve toujours prête,
  La Lisette,
  La Lisette,
  Aimable fillette.

A tous donnant le bonheur,
Qui jamais ne vend son cœur.

15

En dépit de la lorette ?
    La Lisette,
    La Lisette,
Aimable fillette.

Quand il me faudra finir,
Gaîment je veux m'endormir
Sur le sein de ma grisette,
    La Lisette,
    La Lisette,
Aimable fillette

          THÉODORE LECLERC (de Paris),
          Membre de l'Union des poètes.

LE NOUVEAU-NÉ

—

A NOTRE AMI JOSEPH LAVERGNE

Air du *Dieu des bonnes gens.*

Depuis longtemps, sur la machine ronde,
Plus d'un cafard, soi-disant bon chrétien,
Au nom du ciel prédit la fin du monde,
Quand nous savons qu'il n'en doit être rien.
La Vérité, détrônant l'Imposture,
Sur nos esprits depuis a dominé;
Le vieillard meurt, la féconde Nature
   Nous donne un nouveau-né. (*Bis.*)

Narguant les sots, jouissons de la vie,
Vers le plaisir guidons notre destin ;
Goûtons gaîment la céleste ambroisie,
Berçons l'enfant dont je suis le parrain.
Les préjugés, œuvres du fanatisme,
N'ont d'ascendant que sur l'esprit borné ;

Loin des suppôts de l'ultramontanisme,
   Formons le nouveau-né. (*Bis.*)

Versez, versez la liqueur purpurine,
Son feu divin ramène la gaîté.
Au noble aspect du dieu de la cuisine,
Buvons, chantons en pleine liberté!
Quand l'idiot jeûne pour voir Saint-Pierre,
Je mange et bois, dussé-je être damné...
Amis, sablons du mâcon, du tonnerre,
   Fêtons le nouveau-né. (*Bis.*)

CHAPLAIN FILS.

ENVOI.

Quand le printemps fait refleurir le vergne,
Quand les oiseaux modulent leurs doux sons,
Heureux, j'apprends que notre ami Lavergne
Prépare encore un livre de chansons.
Franche Gaîté, toi qui guides sa plume,
Par tes accents mon cœur tout entraîné,
Dit en voyant son deuxième volume :
   Fêtons le nouveau-né. (*Bis.*)

ARISTIDE SACLÉ.

LE PLÉBÉIEN

—

A JOSEPH LAVERGNE

—

Plébéien, je frappe à ta porte ;
Nous sommes frères par le sort,
Et ma muse aujourd'hui t'apporte
Son tribut, sans l'estimer fort.
Sans t'étonner de mon sans-gêne,
Apprends que je suis un Valois
Descendant du fou Diogène
Et pas du tout du sang des rois.

Gais plébéiens, unissons-nous,
Et du Destin bravons les coups.

J'ai porté l'habit noir, la botte,
Sans afficher plus de fierté ;
Puis en vieux souliers je barbotte,
Portant la blouse hiver, été ;

15.

Mais avec ma blouse sans tache,
Je puis marcher le front levé,
Et ris du fripon ou du lâche
Qu'on voit élégant achevé.

Gais plébéiens, unissons-nous,
Et du Destin bravons les coups.

A nous le progrès, la lumière,
Travaillons pour les acquérir.
Heureux qui, bravant la misère,
Marche avec foi vers l'avenir.
A nous tous ceux qui savent rire
Et décocher un malin trait !
Le Temps, quoi qu'on en puisse dire,
Nous réserve plus d'un bienfait.

Gais plébéiens, unissons-nous,
Et du Destin bravons les coups.

Formons une folle phalange,
Qui rie en mangeant du pain sec;
Ne nous roulons pas dans la fange,
Pour avoir quelque chose avec.

Que, nourris d'un espoir rapace,
Des fous aillent chercher de l'or;
Plus sage est celui qui s'en passe,
Une âme honnête est un trésor.

Gais plébéiens, unissons-nous,
Et du Destin bravons les coups.

Plébéiens de la poésie,
Gilbert, Hégésippe, Mercœur,
Et tant d'autres qui dans la vie
Avez sombré par le malheur;
En vous tressant une couronne,
Infortunés qui n'êtes plus,
Imprudemment j'ambitionne
Le talent qui vous a perdus.

Gais plébéiens, unissons-nous.
Et du Destin bravons les coups.

ISIDORE VALLOIS.

PAS DE PLAISIR SANS PEINE
PAS DE PEINE SANS PLAISIR

—

A M. JOSEPH LAVERGNE

—

Air : *Les anguilles, les jeunes filles.*

Les soupirants auprès de Laure
Faisaient une course au clocher :
Paul est jaloux, car il l'adore
Et ne sait comment la toucher ;
Il en éborgne une douzaine,
A plaire il a su parvenir !...
Il n'est pas de plaisir sans peine,
Et pas de peine sans plaisir.

Deux amis, suivant leur caprice,
En nageant folâtraient gaîment ;
Bientôt l'un sous un bateau glisse,
Mais l'autre, sans perdre un moment,

Essoufflé, crispé, hors d'haleine,
A temps, parvient à le saisir...
Il n'est pas de plaisir sans peine,
Et pas de peine sans plaisir.

Germaine, au moment d'être mère,
En poussait un cri de douleur,
Quand son mari, joyeux compère,
Buvait pour se donner du cœur;
La douleur s'efface et Germaine
Voit un petit ange à chérir.
Il n'est pas de plaisir sans peine,
Et pas de peine sans plaisir.

L'étude est abstraite et pénible,
On y gagne des cheveux gris,
Mais on a pour but invisible
La gloire dont on est épris;
A vaincre la misère humaine,
La science peut réussir...
Il n'est pas de plaisir sans peine,
Et pas de peine sans plaisir.

Mᵐᵉ R. Castin.

TABLE

—

A mes lecteurs........................ 5
Journal des Employés................. 7
Lettre (Evrard)...................... 8
Lettre (R. Castin)................... 9
Chronique de France................. 12
Lettre (Chaplain fils).............. 12
Le Pirate........................... 15
Lettre (Girin)...................... 17
Lettre (Élisa Fleury)............... 17
Bibliographie (Imbert).............. 18
Lettre (Eugène Baillet)............. 21
La Tribune lyrique.................. 24
Lettre (Théodore Leclerc).......... 26
L'Effronté.......................... 27
Bibliographie (Saclé)............... 20
Sonnet à la Muse plébéienne......... 34
Appréciation (Mirat)................ 35
La Muse plébéienne.................. 39
Lettre (Béranger)................... 42
Allons-y gaîment.................... 43

L'Homme et l'Espoir.......................... 45
Les Zingueurs (1857).................... . 46
Charade (Bât-Eau)........................ 48
La Sainte Julie......................... 49
Le Sauveur 51
Les Rats........... 52
Réfutation........... 55
La Centième des *Fugitifs*............... 56
Charade (Mari-Age) 57
Ma Bien-aimée...... 58
Quatrain..... 59
Le Banquet des Sapeurs................ 60
La Comète de 1857................... 63
Charade (Mer-Lin)................... . .. 66
Les Zingueurs (1858)................... 67
Conseil à un jeune auteur.............. 70
Revue des Chansonniers de Paris...... ... 71
Deux Fléaux du genre humain..... 81
La Guinguette......................... 83
Distique........................ 84
Fanfan la Tulipe 85
A propos de Bottes.................... 87
Le Vin et la Chanson 88
Le Banquet des Zingueurs (1859)......... 91
A un ami.............................. 93
Le Prisonnier......................... 94
Réponse du Prisonnier................ 96
Chanson de noce....................... 99
La Fête de Jean Bauche 101

Impromptu.......... 103
Le Chien et l'Écolier.............. 104
C'est plus fort que d' jouer au bouchon.... 105
Reste garçon........................... 108
Distique... 110
Le quatrième Banquet des Zingueurs....... 111
Cimetière des Poètes..................... 114
Une Déclaration singulière............ ... 110.
A mes Amis............................. 162
Le Parloir............................. 103
Vive la vie..................... 165
La Lisette............. 168
Le Nouveau-né........................., 171
Le Plébéien........ 173
Pas de plaisir sans peine................. 176

FIN DE LA TABLE DU DEUXIÈME VOLUME.

Paris. — Typ. Morris et Comp., rue Amelot, 64.

www.ingramcontent.com/pod-product-compliance
Lightning Source LLC
Chambersburg PA
CBHW070858030726
47504CB00005B/1388